DARIA BUNKO

帝王の不埒な愛玩

真崎ひかる

ILLUSTRATION 國沢 智

ILLUSTRATION
國沢 智

CONTENTS

帝王の不埒な愛玩

《〇》

物心つく頃には……いや母親から聞いた話では、生まれた瞬間から運の悪さは際立っていたように思う。

多喜が生まれた日は、この地方では百年に一度だとかいわれている大雪が降り、積雪の重みで電線が寸断されたせいで病院は大規模な停電に見舞われたらしい。

病院が備えていた自家発電装置がすぐに作動したということだが、何故か新生児室の停電は解消しなかった。

たまたま出産直後の新生児が多喜一人だったこともあって、石油ストーブのあるナースステーションで看護師に抱えられて朝を待ったと聞いた。

退院時には大規模な事故渋滞に巻き込まれ、自宅まで三十分もかからないはずの道のりが二時間も要したとか……ベビーベッドやらベビーカーは悉く製品不備によってリコール対象となる。

一歳の誕生日のために特注のケーキを予約していたショップは、多喜の誕生日前日に夜逃げ同然に閉店して、保育園では食中毒事件が発生する。

小学校の遠足は六年間すべて雨だったし、修学旅行は台風が直撃したことで日程が縮小となった。

中学生の頃には、週に一度は出会い頭に自転車と接触したり通りかかったマンションの上階から小物が落ちてきたり……大小の差はあれど、血を見なかった日はない。

二、三日に一度は絆創膏を貰いに訪ねるため保健室の常連となった多喜のことを、イジメを疑って心配していた養護教諭に「運が悪いだけです」と語っても、最初はなかなか信じてもらえなかった。

それも、中学を卒業する頃には、真顔で「一度、お祓いしてもらったほうがいいと思うけど」と多喜の運の悪さを認めてくれるようになった。

周囲からは同情されることも多いが、運が悪いのは家系だと諦めている。

多喜だけでなく、父親を含む叔父や従兄弟たちも、多少の違いはあっても皆が『ツイてない』人生を送っているのだ。

眉唾物の謂れだと思っているけれど、三百年だか前のご先祖が『疫病神に憑かれていた』とかナントカ……親戚のあいだでは、真しやかに語られている。

特に、直系の長男に顕著に影響が現れるらしい。陳腐な創作……笑い話のようだが、実害を被っている多喜は笑えない。

父方の一族において、男性の寿命が一般的な日本人の平均寿命の半分から三分の二あたりだということも、『疫病神』云々（うんぬん）という説に奇妙な説得力を持たせていた。

多喜の両親はなにかと達観した人たちで、信頼していた人に騙（だま）されては「騙すより騙されるほうがいい」と口癖のように言っていた。そうして自分を慰めているようにも見えたが、悉く裏切られたり騙されて借金を背負わされたりしているところを見ると、救いようのないお人好（ひとよ）しなのかもしれない。

せめて、喜びが多い人生となるように……と願いを込めて多喜と命名したそうだが、根底にある運の悪さは喜べなくても当然だろう。

高校を卒業する直前、父親は連帯保証人となっていた幼馴染みにまで逃げられて莫大な借金を負うこととなり、妻子を護るために離婚と自己破産を選択した。

母親はそれでも父親と一緒にいたいと渋っていたけれど、借金取りに追い回されている父親と一緒にいては身の危険がある。

ほとぼりが冷めるまで妹を連れて地方の実家へ身を寄せることとなり、父親は「とりあえず働く」と言い残し、借金取りからの護身を兼ねて短期間で高収入を謳（うた）う遠洋漁船へ出稼ぎ労働をしに行くことになった。

多喜は、大学進学のために都心での独り暮らしを選び……二十歳を前にして、一家離散状態だ。

それでも、父親がよく口にしていた言葉を思い出しては、顔を上げて歩き続けるための原動力としている。

「まぁ、こんなもんだろ」

昨日までのアルバイト先からアパートへの道すがら、夜空に浮かぶ月を見上げてつぶやく。

多喜がアルバイトをしていた飲食店のシャッターには、無期限の休業を知らせる紙が一枚だけ張りつけられていた。

自己都合による、無期限の休業……つまり、閉店ではないだろうか。

アルバイト仲間が店長に連絡を取ろうとしても電話は不通で、通りかかった斜め前のコンビニエンスストアの店員が、「昨日の夜中に、なんか大量の荷物を運び出してましたよ」と教えてくれた。

きっと、そこにいた全員の頭に浮かんだであろう『夜逃げ』という言葉を、誰も口にしなかった。いや、できなかった。

無言で顔を見合わせ、大きなため息をついて……シャッターの閉ざされたアルバイト先に背を向けた。

「新しいバイト、見つけなきゃなぁ。それも、賄いを食べさせてくれるところ……」

一日二食でやり繰りしている貧乏学生にとって、アルバイト先で一食が浮くかどうかは重要なポイントだ。

夕食の当てが外れてしまった今夜は、一袋百円で買い込んである非常食の食パンの耳を齧りつつ、水を飲んで腹を膨らませておくか。

「生きてたら、なんとかなる……か」

この父親の口癖は、いつからか多喜自身の口癖にもなった。

給付型の奨学金で大学に通うことができているし、築五十年に迫るアパートは雨漏りするけれど生活に大きな支障はない。

秋川の家系に受け継がれる『疫病神』の影響も、長男である父親とその長男である多喜が物理的な距離を取ったせいか、この二年ほどは少しだけ弱まっている気がする。

少なくとも、すれ違いざまに体当たりされて駅のホームから落ちるとか、横断歩道を渡っている時に信号無視した車が突っ込んでくるとか……命の危機を感じるレベルの不運には遭遇していない。

「このところ、平和だな」

様々な不運に見舞われてきた多喜にとって、アルバイト先の夜逃げは仕方がないと流せる程度のものだ。

未払いの給料は痛いけれど、肉体的なダメージはない。精神的な痛手は、空腹を満たして一晩眠れば切り替えられる。

憧れは、平凡な人生だ。

起業して大成功しようとか、極上の美女と結婚したいとか、特別なことはなに一つ望まない。

ただ、平坦な道をのんびりと歩いていければ、それが最大の喜びだ。

……と、高校時代に語った多喜を、クラスメイトは宇宙人でも見るかのような奇妙な顔で凝視して、「つまんねー人生だろ」と吐き捨てたのだけれど。

続いて放たれた、

「俺がおまえなら、そのキレーなツラを最大限に利用して、芸能界入りかホストの頂点を目指すけどな」

という言葉は、多喜にとっては選択圏外の破天荒な人生だ。

平凡且つ、普通が一番。

変化のない日常こそが、幸せだ。

「……おじーちゃんか、って言われたっけ」

多喜は本気で口にしたのだが、大学の食堂で同席していた同じ学科の女子学生たちには爆笑されてしまった。

夜遊びもせず、大学で授業を受けてアルバイトに励む毎日はつまらない？

それこそが、多喜の望む平和なのだ。

とりあえず、今は……少しだけ平和から外れてしまったが、新しいアルバイト先さえ見つかれば、これまでと同じ安穏とした日々に戻ることができる。

「牛丼……とんかつ、焼き鳥……居酒屋が無難か？」

今度は、容易く倒産しないような……チェーン店を選ぼう。万が一、その店舗を閉めたとしても、給料が未払いとなることはないだろう。

そうしようと前向きな気分で夜空を見上げたけれど、ついさっきまで皓々と輝いていた満月は雲の中に隠れていて、タイミングが悪いな……と小さく息をついた。

□□□

多喜の目の前に立ち塞がるのは、黒いスーツ姿の男が二人。目元を隠すサングラスのせいで、容貌はよくわからない。

「あの……」

この手の男と接するのは、初めてではない。

父親が、幾度となく理不尽な借金を負わされては自宅まで取り立てが来ていたせいで、子供の頃から馴染みがある。

ただ、自分のアパートの扉を叩かれる理由は……身に覚えがない。

目前で仁王立ちする黒い男を見上げて、まずは訪問理由を尋ねる。

「……なんでしょうか。人違いでは？」

「なんでしょうか、じゃねーんだよ。秋川多喜だろ。……支払いの期日だ。五百万、耳を揃えて払ってもらおうか」

凄んでも多喜が怯む様子を見せないせいか、男は苛立ちを露わにした声でそう言いながら詰め寄ってくる。

五百万？　支払いの期日ということは、その額を多喜が借り入れている……ことになっているのだろうか。

この手の取り立てが押しかけてくる借金にも、五百万という金額にも、まったく覚えがなくて戸惑うばかりだ。

「人違いではないでしょうか。返済しなければならない借り入れをした記憶は、ないのですが」

相手を刺激しないよう、静かに答える。

変に騒いで、警察を呼ばれたりしては厄介だ。揉め事を起こしたと、アパートを追い出されては堪らない。

ところが淡々とした多喜の態度は、一般人を怯えさせることで矜持を保っているらしい男には逆効果だったようだ。

「澄ましてんじゃねーよ！　しらばっくれようたって、そうはいくか。正式な借用書もあるんだ。ほらよ」

「…………」

目の前に突きつけられた紙に、仕方なく目を向ける。

男が口にした、『金五百萬円』の文字と、借入日、返済期限……コピーで潰れている細かな字で書かれている部分は読み飛ばして、最後に記された直筆のサインに眉根を寄せた。

「どうだ。思い出したか？」

勝ち誇ったかのように尋ねられても、答えることはできなかった。

確かに、『秋川多喜』の文字がそこに記されている。もう一枚のコピー用紙は、多喜の学生証に間違いない。

父親を反面教師として、借金やローンは最も避けているものだ。

五百万という借入金に覚えがないのはもちろん、この借用書にサインを記した記憶なども、皆無なのだが……。

「ま、お坊ちゃんの財布からポンと出てくるとは思ってねーよ。夕方にまた来る。利息分だけでも、用意しておけよ。延滞金が嵩むだけだからな！」

ぼんやり突っ立っている多喜に、きっと精いっぱい凄んで見せた男たちが、足音高く廊下を歩いていく。

シン……と静かになってから、数秒後……二軒隣の部屋のドアが少しだけ開いて、すぐさま閉じられた。

やはり、男たちの声は他の部屋にも筒抜けだったようだ。そうして周りを巻き込むことで、負債者を追い詰めるのが彼らの手口なのだと知っている。

ただし、

「身に覚えがないいんだけどなぁ」

どうして、あんな借用書が存在するのか多喜には見当もつかない。

署名は自分の名前でも、筆跡は異なっていて、誰かが、多喜の身分を騙って借金をしたとしか思えないのだが……。

ここしばらくは、財布を落とすこともなかったし生傷も控え目だった。

災難らしい災難は、アルバイト先がなくなったことくらいで……平和だと、喜んでいた矢先にコレか。

でも、誰がなんの目的でこんなことを？　こんなふうに質の悪い敵意を向けられるようなことは、していないはずだ。

平穏な日常を乱そうとする、姿の見えない『誰か』に首を捻って、半分開けたままだった玄関扉を閉めた。

夕方、また来ると言っていたが、借金をしていない多喜に返済する義務はないはずだ。それに、利息分だけでもと言われても……。

「金はない」

言い逃れでもなんでもなく、事実だ。財布の中には、千円札が一枚と小銭が三百円ほどで……先月のアルバイト代が支払われることなく経営者が夜逃げしたせいで、預金通帳の数字は悲惨なものだ。

「来られても、困る」

どうやって、この事態を切り抜けるか……と腕を組んで考える。

人違いだ、誰かに成りすまされたのだと説明しても、あの手の男たちには通用しないだろう。相手が誰だろうと関係ない。額面通りの金を回収することだけが、目的なのだ。

子供の頃から、否応なく巻き込まれてきたせいで、その手の知識だけはある。

もし多喜が逃げ出して、消息不明になれば……身内という理由だけで、母親のところに返済を迫る男たちが押し寄せる可能性もある。

そうなれば、平穏な暮らしをしているはずの母親と妹は、「またか」と落胆するに違いない。

父親だけでなく、多喜も……やはり面倒なことに巻き込まれ続けるのかと、憂いて嘆くだろう。

「ダメだ。やっぱり、おれがなんとかしないと」

母親に心配と迷惑をかけるのは、絶対に避けたい。せっかく父親や多喜と離れて、心穏やかな日々を送っているのだから……。

でも、多喜が一人で解決するには、五百万という額はあまりにも大きい。しかも、返済が長引けば長引くほど、利息という名で総額が増えていくものだと知っている。

しばらく玄関先に立ったまま思考を巡らせていたけれど、解決策は容易く見つかりそうになかった。

《一》

結局、多喜は利息分でさえ用意できなかったが、男たちにとっては想定の範囲内だったようだ。

借金を返済できないのなら、働け……と。

どう見ても堅気ではない男たちに囲まれても、多喜にはろくに抵抗する術はない。

どんな『職場』に連れていかれるのかと警戒していたけれど、建物の外観は、なんの変哲もないゲームセンターのようなものだった。

合法のカジノ、アルコール類も提供することから未成年は立ち入り禁止の大人のゲームセンターだと説明されたが、多喜にはその真偽など知る由もない。

白いシャツに、黒いベスト、革靴というお仕着せのボーイの制服は、なんとも窮屈だが……十八時から二十四時まで、六時間の勤務で日給一万円という賃金は魅力だった。働きによっては、昇給もあり得ると聞かされれば「働かない」という選択肢はない。

それでも、多喜の名義の借金額がゼロになる日は……果てなく遠いが。

「仕事は簡単だ。馬鹿でもできる。落ちているコインやカードを拾うのと、来店客に希望の台を聞いて、そこまで案内すること。黒服に雑用を言いつけられれば、ゴミ捨てだろうがなんだろうが、すべて従うように。とりあえず今日のところは、そこの……鈴木(すずき)に従え」

「……わかりました」

ガチャガチャとした雑音に紛れないよう、声の音量をいつもより心なし上げて答える。

鈴木と呼んだ青年に多喜を託した黒いスーツの男は、忙しそうに店内を歩いていった。

「ども、新人くん。俺、鈴木太郎(たろう)ね」

「……秋川多喜です」

鈴木太郎と名乗ったのは、多喜とさほど変わらない……二十代半ばくらいの青年だ。本名か偽名なのか怪しいが、追及する理由もそのつもりもない。

「とりあえず、雑用だな。……で、なにやってここに放り込まれたの？」

背中を屈(かが)めた鈴木は、多喜の耳元で声を潜めて尋ねてくる。

目が合うと、ニヤリと笑う……彼も、『なにかをやって』ここにいるのだろう。

「……借金」

「へぇ、いくら？」

「五百万……のはずだったんだけど、いつの間にか三倍以上になってた」

当初提示された身に覚えのない借入金は、五百万だったはずだ。それが、なにがどうしてそうなったのか、利息やら延滞金やら……別のローン会社を名乗る男まで加わり、気がつけば膨大な額に膨れ上がっていた。

「あはは、いつの間にかって……なにかと理由をつけて金額を吊り上げるのは、あいつらの手口だよな。俺は、ヤクザの女に手を出してさぁ……慰謝料のために、ほぼタダ働き」

「大変だな」

「あれ？　自業自得って言わないんだ？　人がいいなぁ。だから、借金額がえらいコトになるのか」

多喜の相槌（あいづち）に一人で納得した鈴木は、足元に転がってきた銀色のコインを拾って黒いベストのポケットに入れる。

「いくつか溜まったら、あそこの……交換所に持っていくんだ。防犯カメラで監視されているからな。ちょろまかしたらリンチだから、気をつけろよ」

「わかった」

うなずいて、さり気なく店内を見回す。

懐かしのコインゲーム台に、ルーレット……ディーラーを中心に、バカラやポーカーゲームに興じている台もある。奥にはビリヤードやダーツなどの設備もあり、建物の外から見るより内部は広いようだ。

客の年齢層は、街角のゲームセンターで遊ぶ年代とは比べようもなく高い。

　ただ、こうして見る限り……大人の社交場、という雰囲気だ。会員制らしいので、見るからに行儀のよくない人間がいないのは当然かもしれないが。

　アルコールは提供されていても、客たちは節度を持って楽しんでいて……取り仕切っているのが、反社会勢力と呼ばれる人たちのようには思えない。

　合法カジノだと聞いた時には嘘くさいと思ったけれど、これならさほど身構える必要はなさそうだ。

「働きが認められれば、ボーイから黒服に昇格になるからさ。給料が上がる。あとはまぁ……なにかを目にしても、見て見ぬふり、他言無用ってあたりが注意点かな」

　ずいぶんと意味深な言い回しだ。

　最後のほうは声を潜めてコソコソ口にした鈴木に、多喜はほんの少し眉を顰めて聞き返す。

「なにか？」

「……なにか。日光の三猿ってやつがあるだろ。あれと同じだよ」

　言葉を濁した鈴木は、カードゲーム台の隅に置かれていた空になったグラスを回収してバーカウンターに運ぶ。

　多喜は、仕事を覚えるためにその後ろをついて歩きながら、頭の中で鈴木の言葉を復唱した。

　日光の三猿……言わ猿、聞か猿、見猿……だったか？

　つまり、世の中には知らないほうがいいこともある。余計なものに首を突っ込むな。好奇心は猫を殺す、というやつか。

「秋川、このグラスをバカラ台のところに。右の、壁際な」

「あ、はい」

細長いカクテルグラスが載ったトレイを差し出されて、反射的に受け取る。鈴木はビールジョッキを両手に持ち、バーカウンターを離れた。

借金返済のため、ここで働け……と放り込まれた時は、どんなことをさせられるのかと不安になったが、特に変わったところのない施設だ。

自分たちの目の届くところで働かせて、逃げないように監視する目的もあるのかもしれないけれど、精神的なプレッシャーがあるだけで待遇はさほど悪くない。

働きが認められれば給料が上がると言われても、借金返済のために天引きされている多喜は、今の基本給さえ知らないが。

「三猿、か。まぁ、言われるまでもなく妙なことには係わりたくないし……。知らぬが仏、触らぬ神に祟(たた)りなし」

昔話の教訓を思い浮かべて、鈴木の姿を見失わないよう薄暗い店内を歩いた。

□　□　□

胡散臭(うさんくさ)いカジノでの『仕事』も、一週間もするうちにそこそこ慣れた。

その、慣れというものが危険だということはどんな仕事にも言えるし、事前に忠告されていたのに……我ながら、バカではなかろうか。

いや、多喜も意図して覗(のぞ)こうとしたわけではないのだ。地下のゴミ置き場へ向かうために階段を下りていたつもりなのに、扉を間違えて迷い込み、気がつけば一階にいる黒服とは雰囲気の異なる男たちに囲まれていた。

「……新入りか。見たな？」

「見てない、です」

仁王立ちしている屈強な男に凄まれて、首を横に振る。

この状況でそう主張するのは白々しいとわかってはいるが、ここはとことん白を切るしかないだろう。

男の背後で、半裸の女性を前にした男性たちが、ルーレット台を囲んでいるとしても……見ていないと目を逸(そ)らす。

頭の中では、「ヤバイヤバイヤバイ」と同じ言葉がぐるぐる駆け巡っているけれど、顔には出していないつもりだ。

子供の頃から、怖いお兄さんやオジサンを前にしても平気なふりをしてきたのだ。ポーカーフェイスというものには年季が入っているし、自信がある。

早くここから出ていきたい……とジリジリ足を後ろに引いていたけれど、黒いスーツの男はズイッと距離を詰めてきた。

「うん？　おまえ……悪くない素材だな」

「は、い？」

不意に顎の下へ手を入れられて、うつむき加減だった顔を上げさせられる。

照明を落とし気味なのでフロア全体が薄暗いけれど、近くにあるカード台を照らす照明の光に顔を照らし出された。

ジロジロと顔を見られているのはわかるが、至近距離で目を合わせたくないので微妙に視線を逸らす。

なにを思ったのか、多喜の顎を上げさせていた男は、触れてきた時と同じく唐突に手を引いた。

「他言できないようにすればいいか。おい、このボーイを……そうだな、ブラックジャック台のところにでも連れていけ。勝ち抜き戦だ。勝者の好きにさせていい」

「は……ちょ、っとなに言って……」

腕を掴まれた多喜は、ギョッとして黒服を睨み上げる。

勝者の好きにさせていい、という言葉からは……ロクでもない予想図しか思い浮かばない。

プロレスラーのような体躯の黒服は、掴まれた腕を引き抜こうと抗う多喜の動きなど抵抗の数に入らないとばかりに容易に制して、睨み下ろしてくる。

「おまえ、ここでボーイをしているってことは、逃げられない理由があるんだろう？　うまくやって金持ちのパパに気に入られたら、おまえの身体と引き換えに一千万や二千万の借金くらいなら肩代わりしてくれるかもな」

「……っ」

ロクでもない予想は、大当たりらしい。

これは、きっと……多喜を、カードゲームの景品にするつもりだ。

綺麗な女性ではなく、自分のような平凡な男子大学生を手に入れたいと思う人間がいるのなら、だが。

「冗談……っ」

ハイそうですか、と従えるものか。

危機感に背中を押された多喜は、必死で足を踏ん張って腕を引き、黒服の拘束から逃れようと奮闘する。

唖然としていた多喜が、再び抵抗を始めたことに苛立ったのか、黒服が眉を顰めて凄んできた。

「逃げて……どうする？　どこに行っても、捕まえて連れ戻されるぞ。無駄に抵抗して痛い思いをするより、諦めたほうが賢いと思うが」

「ッ、ぃ……」

きっと、黒服にとってはほんの少し力を込めただけだ。それでも、腕を捻られた多喜は下手に動くことができなくなった。

腕……いや、肩が痛い。ほんの少し捻られただけなのに、手も足も動かせなくなった。

今ここで無闇に暴れて、筋や関節を傷めるのは得策ではない。悔しいけれど、それは確かだ。

そう判断して身体の力を抜くと、黒服は「賢明なことだ」と鼻で笑い、傍に控えていた別の黒服に多喜の身柄を引き渡した。

騒いでも、体力を消耗するだけだとわかっている。とりあえず、諦めたふりをして……様子見だ。

「今時の若いのにしては、手を加えていない黒髪は珍しいな。大人しそうな、清純派の美形……か。オッサン受けがよさそうだなぁ」

多喜を見下ろした黒服の一言に、顔を背けて不快感を示した。

褒め言葉だとは思えないし、嬉しくもない。昔から、大人しそうだといわれる外見のせいで侮られることが多く、この容姿は……嫌いだ。

そもそも、多喜が身に覚えのない借金を負わされることになったきっかけも、この容姿が元凶らしい。

彼女が、同じ講義を受講していた多喜に一目惚れをして心変わりしたことを逆恨みした結果、盗み出した学生証を使って多喜に成りすまして借金を作り……負債を押しつけたらしいと知らされても、後の祭りだ。

財布や学生証を落とすことが珍しくなかったせいで、学生課への紛失届と再発行の手続きが遅れた自分にも非があるかもしれないけれど、そんなふうに悪用されるなどと考えたこともなかったのだ。

しかも、無関係の痴話喧嘩に巻き込まれて……。

ここ数年で最悪クラスの不運というか、災難だ。

密かにため息をついた多喜は、どう立ち回ればこの局面を乗り越えられるか……頭をフル回転させながら、黒服の後に従った。

《二》

カード台の周囲に、少しずつ人が集まってきている。チラチラと視線を感じて、恐ろしく居心地が悪い。

「スリーカード」

「……ストレートフラッシュ」

テーブル上にカードが示されるたびに、周りを囲む見物人の中にさざ波のような歓声が広がる。

ディーラーの脇に立たされている多喜は、目の前で繰り広げられるカードゲームを冷めた心情で眺めていた。

五人連続で勝ち抜き戦を制した者の勝ち、景品は『自分』だ。冷めた気分にもなる。

たった今、三人目を破った中年の男と視線が合い……ニヤリと笑いかけられた瞬間、ゾッと背筋に悪寒が走った。

このままその男が勝ち抜き、景品となって……どんな目に遭う？

想像力の限界だ。具体的なことはわからない。ただ、ロクなことにならないとだけは予想がつく。

「……無理」

ぽつりとつぶやいた多喜は、自分では確かめることができないけれど青褪めた顔をしているはずだ。

ダメだ。このまま、黙って成り行きに身を任せることはできない。かといって、この状況では逃げ出すことも不可能だろう。

ではどうすれば、この窮地を脱することができるか……。

「あ」

思考をフル回転させていた多喜だが、真っ暗だった視界にふと一筋の希望の光が差した気がして小声を漏らす。

先ほどから続く、勝ち抜き戦。参加条件は、ここにいるすべての男女。

それなら……。

「おれ……僕も、ゲームに参加させてもらっていいですか」

多喜が自らゲームに参戦して、勝ち抜いてしまえばいいのでは。

苦し紛れの思いつきだけれど、そうする以外に自分を救済する術はないと……おずおずと挙手をする。

さほど大きな声を出したつもりはないのだが、多喜の声はディーラーだけでなく、カード台を囲んでいる大半の人間の耳に届いたらしい。

シン、と沈黙が落ちた。

注目を集めていることは感じるが、引っ込みがつかない。

「はっ……本気か？」

「もちろんです」

ディーラーを務めている黒服の男に尋ねられ、躊躇（ためら）いなくうなずいた。こんなこと、冗談で言い出せるものか。

ようやく、思いついた打開策だ。どうにかして参戦を認めてもらい、なにより大事なのは……五連勝することだ。

すべて思い通りにコトを運ぶのは容易ではないとわかっているが、それ以外に妙案を思いつかないのだからどうしようもない。

「ふ……ん。そうだな」

思案の表情を浮かべた黒服が、顔を背けてボソボソと小声で誰かと会話をする。どうやら、小型のインターカムで、どこかと連絡を取っているようだ。

上の立場の人間に、相談していたのかもしれない。

息を詰めてディーラーの返事を待つ。ほんの数分が、やけに長く感じた。

「……許可が出た」

短いやり取りの後、ディーラーが多喜にチラリと目を向けてカード台に視線を移す。

これは……参加を許された、ということだろう。

コクンと喉を鳴らした多喜は、うなずいてカード台を回り込んだ。

せっかく得たチャンスだ。絶対に勝ち抜いてやる……と決意を固め、これまでのゲーム参加者と同じ一本足のスツールに腰を下ろした。


「……四人目」

一人勝ち抜くごとに歓声が上がっていたけれど、多喜が四人目の男を負かした瞬間その場に広がったのは奇妙な沈黙だった。

大きく肩で息をついた多喜は、顔を上げてディーラーの黒服と視線を絡ませた。多喜が勝ち抜くのは予想外だったらしく、黒服は淡い照明の中でもわかる苦い表情で多喜を見詰め返してくる。

緊張と昂揚感のせいで、手のひらに冷たい汗が滲んでいる。喉がカラカラに渇き、気休め程度に唇を舐めて湿らせた。

見物人から差し入れられたカクテルグラスがカード台の隅に置かれているけれど、口をつける気にはなれない。

どれくらい沈黙が続いただろうか。

「次の対戦相手は？」

ディーラー役を務めている黒服の声には焦りが滲んでいる。

五人目の挑戦者が隣のスツールに腰かけるのを待っていると、多喜の背後に目を遣ったディーラーが一点で視線を留めて「あ」と短く零した。

その目が驚愕を示してじわりと見開かれ、多喜は、そこになにがある？　と背後に身体を捻ろうとした。

「……なに……」

「俺が相手をしよう」

ほんの少し身体の向きを変えたところで、肩に大きな手が置かれる。多喜の視界の端に、ダークグレーのスーツに包まれた腕と白いシャツの袖口、そこから覗く明らかに高級品だと見て取れる時計が入った。

「俺が参加することに、異議はないだろう」

低い男の声だ。多喜の肩に置かれている、やけに大きな手の主のものだろう。

周囲は、水を打ったように静まり返っている。奇妙な緊張感が漂い、空気がピリピリと張り詰めているのを感じた。

なんだ？　ディーラーの黒服だけでなく、場の空気が変わるほどの……どんな人物がここにいる？

コクンと喉を鳴らした多喜は、自分の脇に立っている男を恐る恐る見上げた。

その直後、視界を手のひらに覆われてビクリと肩を竦ませる。

「へぇ……モニター越しに見るより、いいな。ゲームに飛び入り参加した景品は、初めてだぞ。面白いヤツだ」

大きな手で多喜の前髪を掻き上げた男は、背を屈めて顔を覗き込んでくる。正体不明の男と間近で視線が絡み、瞬間的に息を詰めた。

有り体に言えば、怖いくらいに整った容貌だ。先祖のどこかで外国の血が混じっているのか、アジア人にしては彫りが深く目鼻立ちがハッキリとしている。

なにより印象的なのは、目の前の獲物を見定めようとするかのような鋭い視線だ。目が合った多喜は、身動ぎ一つできない。視線を逸らすことさえ許されず、息苦しいほどの緊張感に全身を包まれる。

この男は、まるで帝王だ。支配者独特のオーラを隠そうともせず、周りから畏怖に近い視線を浴びることを楽しんでいる。

借金の取り立てに来るような下っ端の男たちや、ゲーム台を取り仕切っている黒服たちとの格の違いを、一瞬で理解した。

声もない多喜に、男は落ち着いた声で静かに話しかけてくる。

「新入りだな。なにをやってここで働くことになったのか知らないが、俺に勝てば無罪放免にしてやる」

予想もしていなかった台詞だ。眉を顰めて男の言葉を心の中で復唱し、ようやくその意味を悟る。

間違いなく怪訝な顔をしているだろう多喜は、なんとか声を絞り出すことに成功した。

「……そんなの、勝手に決めて……」

「ここでは、俺が法律だ」

声もなく目を瞠ると、一切の気負いを感じさせることなくサラリと言い切った男を、マジマジと見詰め返した。

つまり、この男が『遊び場』の元締めということか?

ただ、それにしては若い。

薄暗いのでハッキリと見えないし正確にはわからないが、威風堂々としていても三十……半ばに達していないのでは。

無言で男を観察していると、多喜を見ている男がふっと微笑を浮かべた。

「ビビってないわけでなくても、俺から目を逸らさない、か。いい度胸だな」

「あ……」

そんな言葉で、不躾に見詰めていたことを自覚して、ぎこちなく目を逸らした。多喜の前髪を掻き上げていた手が離されて、ようやくうつむくことができる。

緊張から解放された多喜は、ふっと息をつく。

自覚していたより神経が張り詰めていたのか、心臓が激しく脈打っていることにようやく気がつく。

ビビったりなんか、しない。こんな……怪しげなカジノを取り仕切っているような人間に、怯む姿を見せるのは悔しい。

そうして自身を奮い立たせる多喜を嘲笑うかのように、隣の椅子に腰を下ろした男が話しかけてきた。

「どうする？　勝負をするか？」

「……もちろんです」

「いい返事だ。……俺が勝ったら、おまえは俺のモノだ」

目を細めてうっすらと笑う男に、一瞬だけやめておいたほうがよかったかと……チリッと嫌な予感が胸を引っ掻いたけれど、今更「やっぱりやめる」などと言えるわけがない。

勝負を続けようが降りようが、多喜に逃げ場はないのだ。それなら、放免される可能性があるほうに賭けて挑んだほうがいい。

多喜が決意を固めたことを見透かしたかのようなタイミングで、男がカードを指差して尋ねてきた。

「ポーカー、ブラックジャック、ジン・ラミー……どれにする？」

自身の得意なものを指定するのではなく、多喜に選ばせようというあたりからして余裕の表れだ。

ここで無用の意地を張って、そっちの好きにしろと突っ撥ねることに益はないとわかっている。

「では……ポーカーで」

遠慮なく一番得意なものを選択させてもらい、背筋を伸ばした。

□□□

きっちりとしたスーツに包まれた広い背中を見ながら、無言でついて行く。

どこに行くのか、喉元まで込み上げてきた言葉を何度呑み込んだだろう。

多喜がついて来ていると、足音で把握しているのか……逃げられるわけがないと高を括っているのか、少し前を歩く男は一度も振り返らない。

ゲーム台の並ぶフロアの奥にある扉を抜け、細い廊下を歩くこと二十メートルほど。

多喜を先導していた男が足を止めたのは、何の変哲もない白い扉の前だった。ドアノブを捻り、扉を開けてからこちらを振り返る。

ビクリと身を竦ませた多喜になにを思うのか、表情を変えることなく腕を掴んで引き寄せられた。

「……お帰りなさいませ、オーナー」

「ああ。戦利品だ」

室内に向かって背中を押された多喜は、一歩、二歩……扉のすぐ脇で待ち構えていた別の男の前に歩み出る。

チラリと多喜に視線を向けた男は、ここまで多喜を連れてきた男とは異なる、ひんやりとした空気を纏(まと)っていた。

眼鏡越しに目が合い、さり気なく視線を逸らす。

なんだろう。あからさまに威圧感を漂わせているわけではない。スラリと背が高く、高級そうなスーツを身に着けていて……端整な美形だ。モデルか俳優のような印象なのに、うまく言葉にできないけれど「怖い」と感じてしまった。

カードゲームで対戦した男は確かに迫力があるが、気圧(けお)されはしたものの目が合うのを怖いとは思わなかったのに……。

　震えそうになる手を握り締めた多喜は、観察していることを悟られないよう、チラリと室内に視線を走らせる。

　あまり広くない部屋の奥には、店内を映している鮮明な画像のモニターがズラリと並んでいる。

　どうやら、モニタールームのようだ。ここのモニターで、多喜がカードゲームで勝ち上がる様子を見ていたのだろう。

「見かけはこうだが、なかなか手強かったぞ。久しぶりに血が沸いた」

「確かに、楽しそうでしたね」

　二人の男の会話を耳にした多喜は、奥歯を噛んで視線を足元に落とす。もう少しで勝てそうだったのに……と思えば、悔しい。

　でも、どうすれば勝てたのかわからないほど、対戦した男は勝負強かった。ディーラーによるイカサマを、疑う余地さえなかったのだ。

「度胸といい、自ら勝ち取ろうという意外性といい……気に入った。もう一人、使える人間が欲しいと思っていたんだ」

　疲弊(ひへい)している多喜とは違い、男は楽しそうな声で口にする。それを聞いていたもう一人の男が、小さく息をついて言葉を返した。

「それだけじゃないでしょう？」

「……さすが、鋭いな。まぁ、容姿も好みだ。ゲームの進め方を見ていたら、頭の回転も悪くない。ってわけで、教育は尚央に任せた」

男の言葉に、尚央と呼びかけられた男は眼鏡の奥で目を細めて、今度はこれ見よがしなため息をつく。

多喜は二人の会話の意味がわからず、怪訝な顔をしているはずだ。尚央と呼ばれた男が多喜に視線を向けてきて、目が合った。

数秒、見据えてきたかと思えば……。

「名前は？」

決して威圧的ではないのに、逆らえない空気を漂わせている。

短く尋ねられ、コクンと喉を鳴らして答えた。

「秋川多喜……です」

「よろしい、多喜。あなたがここでボーイをしていたことに対する経緯は、おいおい聞かせてもらうことにしましょう。この方に仕える気はありますか？」

言葉はやんわりとしたものだが、多喜を見遣る視線は鋭い。威嚇しつつ尋問されているとしか思えない。

だいたい、カードゲームに負けて「俺のモノだ」と宣言した男に連れられてきた多喜は、自分の身がどう処されるのかよくわかっていないのだ。

「仕える……って言われても」

なにをすればいい？　なにができる？

チラリと、横目で男を見遣る。

正体不明……いや、このカジノのオーナーらしいというのはわかっているが、知っていることといえばそれだけだ。

戸惑うばかりの多喜に、男が「あれ？」と首を傾げた。

「名乗っていなかったか？　伊勢谷凱成。このカジノの城主だ。そこにいるのは、田倉尚央。有能だがドSの秘書……って、睨むなよ。おっかないな」

言葉が終わる前に、当の秘書に睨まれたらしい。ふざけた調子でぼやくと、多喜と視線を絡ませた。

目に捕らわれた瞬間、自然と肩に力が入る。本能が、この男に逆らうことはできないと悟っているようだ。

「異論は受け付けない。俺のモノだからな」

尊大な態度で、所有権を主張される。

カードゲームに負けたのは事実なので反論することができなくて、多喜は唇を引き結んで伊勢谷から視線を逸らした。

多喜自身に仕える気があろうがなかろうが、この男には関係なさそうだ。既に、決定しているのだから。

なにも言えない多喜に代わり、田倉がこれ見よがしなため息をつく。

「……酔狂な。好みの外見というだけで、観賞目的に傍に置くのは結構ですが……新しいオモチャを手にしても、どうせあなたはすぐに飽きるでしょう。不要になったものを片づけるのは、私ですからね」

無表情で淡々と言い放った田倉の台詞に、多喜は表情の変化を悟られないよう密かに眉を顰めた。

飽きればポイ捨てされる、オモチャだと……決めつけられている。

しかも、言葉の裏には「見てくれだけで、どうせ使いものにならない」というたっぷりの毒が見え隠れしていて、普段は押し隠している負けず嫌い根性を刺激された。

「……使いものになれよ、多喜」

「ッ……」

そんな伊勢谷の言葉に、慌ててうつむいて顔を隠す。

あからさまに顔に出したつもりはないが、田倉の台詞に反感を覚えたことを見透かされたか？

足元を睨んでいると、頭上から「ククッ」と低い笑いが降ってきた。

「たおやかなようでいて芯の強い……気丈な美形は、いいなぁ。働き如何によっては、借金をロハ……減額してやってもいい」

ロハと口にした直後、言葉を『減額』に変えたのは。田倉に睨まれでもしたのだろうか。

酔狂と言われながらも面白がっていることを隠さない伊勢谷の台詞に、田倉が再び特大のため息をついた。

「昔から変わらない、わかりやすい好みですね」

呆れたような口調でそう言った田倉は、彼自身こそ、伊勢谷の語った条件に当て嵌まると思うのだが……自覚はあるのだろうか。

この男に比べれば、自分など美形の端くれにも引っかからない。正しく、物珍しいだけのオモチャだろう。

負けは、事実だ。

しかし、この男に仕えれば……理不尽な借金が免除か減額されるかもしれない。となれば、断る理由はない。

どうせ逃げられないのなら、与えられたチャンスを最大限に利用してやる。

グッと拳を握った多喜は、ゆっくりと顔を上げて伊勢谷と田倉を交互に見遣った。

「負けたのは事実なので、従います。おれが……使いものになるかどうかは、実際に使ってみてから判断してください」

多喜の言葉に、伊勢谷は無言で笑みを深くして……田倉は、意外そうに眼鏡の奥で目をしばたたかせた。

その反応にわずかながら溜飲(りゅういん)を下げた多喜は、使いものになって前言撤回させてやる……と決意して、拳を握る手に力を込めた。

《三》

黒塗りの大型セダンは、夜の街を滑るように走る。

高級車だからか振動がほとんどないし、ゆったりとした革のシートは座り心地がよくて……こんな車に初めて乗った多喜にしてみれば、逆に居心地はよくない。

車に乗せられたが、どこに向かっているのか一言も教えられていないのだ。

傲慢に「俺のモノだ」と口にした伊勢谷に、どんな扱いをされるのか……ビクビクしていると思われるのは悔しいので、平静を保っているように装っているけれど、握り締めた手のひらには冷たい汗が滲んでいる。

「住所不定……。これまで、どこでどうしていたんです？」

せめて、行き先は把握しておきたい……と思い、ぼんやり車窓の風景を眺める。

隣にどっかり座っている伊勢谷と、顔を突き合わせずに済む言い訳にもなって便利だったけれど、運転席でハンドルを握っている田倉に話しかけられては無視することができない。横に向けていた顔を仕方なく戻し、ぽつぽつと答えた。

「先月までは、大学近くのアパートに住んでいました。借金取りの人がうろつくようになって、大家さんに退去を言い渡されてからは……ネットカフェとかカプセルホテルとか、所持金が乏しくなってからはカラオケルームとかで」

思い出しながら言い返した多喜に、田倉は「若いですね」と本心の窺えない淡々とした調子で口にした。

好きで、ネットカフェに泊まり込んでいたわけではない。物騒な男たちが数少ない友人宅に押しかけてくる可能性を考えれば、人を頼ることなどできなかったのだ。他に身を隠す当てもなく、人目のある場所を選んで渡り歩いていた。

「借金取り、ねぇ。地下カジノの売り上げをちょろまかすのも気に食わないが、一般市民相手のセコイ小遣い稼ぎも面白くないな。ふ……ん、俺に隠れて阿漕な金貸しをしているやつは、誰だか……」

「調べておきます」

伊勢谷は独り言のように零したけれど、聞き逃さなかったらしい田倉が短く返す。

どうやら、正確に言いたいことを把握しているようだ。田倉を指して有能な秘書と評した伊勢谷の言葉に、偽りはないのだろう。

ゆっくりと車が速度を落とし……フロントガラスの向こうを見遣った多喜の目に映るのは、白い要塞のような建物だ。

「ここは？」

後部座席から身を乗り出すようにしてぽつりとつぶやいた多喜に、隣に座っている伊勢谷が短く答える。

「俺の住み処。おまえ、家事は？　掃除、洗濯、炊事……なにができる？」

「……ひと通り、できるつもりです」

伊勢谷の質問がなにを意味するものかわからないけれど、嘘をつく理由はないのでボソッと答える。

多喜の答えに、伊勢谷は何故か満足そうにうなずいた。

「そりゃいい。尚央、仕事が多すぎるってぶつぶつ言ってただろ。ちょっとは分散できるんじゃないか？」

「できると言っても、自称でしょう。実際に使えるかどうかは、未知数ですね。なにより、彼らに受け入れられるかどうかが一番の問題だと思いますが……」

「ああ……そいつは確かに。まずは、顔合わせだ。多喜が受け入れられれば、あいつらの世話と掃除くらいは任せられるだろう」

伊勢谷と田倉の会話の意味は、やはり多喜にはわからない。ただ、この建物が伊勢谷の自宅で……そこに、誰かがいるらしいということはわかった。

自分が受け入れられれば……ということは、まさかと思うがここに住まわせるつもりなのだろうか。

「あの、おれ……」

「私は、反対ですが……あなたは、私の言うことなど聞き入れないとわかっていますので、判断は彼らに任せることにします。彼らが受け入れなければ、この子は従業員寮の空室にでも入居させてください」

多喜が戸惑いの声を上げるより早く、田倉が場を纏めてしまった。そもそも、自分に意見を述べる資格などないのだろうと、口を噤む。

電子制御されているらしく、車が近づくと頑丈そうな金属製のゲートが開き、半地下になっている駐車場らしきところへ滑り込む。

これまで多喜が知っている『民家』とは、比べ物にならない建物だ。敷地面積はもちろん、外観も……きっとセキュリティも、映画やドラマで見る要人の邸宅に近い。

駐車スペースに車が停まると、伊勢谷がドアを開けて先に車を降り……背中を屈めて、動けない多喜を覗き込んでくる。

この期に及んで逃げ出す気はなかったが、せめてもの抵抗とばかりに車内でグズグズしていたけれど……。

「自分で歩くのと担がれるの、どっちがいい？」

「……歩きます」

真顔なので、どこまで本気でどこから冗談なのか不明だ。

多喜を脅して従わせよう……という伊勢谷の思惑に嵌まるのは癪だが、本当に担がれたりしては堪らないので、渋々と車を降りて伊勢谷の後について歩いた。

六台ほどは停められそうな半地下の駐車場には、たった今停車したばかりの黒いセダンと大型のSUVだけが停められており、奥に扉がある。玄関まで回らなくても、ここから住居を出入りすることができるのだろう。

田倉が鍵を開け、扉を開く……と、唐突に腕を掴まれて背中を押された。

「なに……」
一、二歩、よろりと前に出た多喜は、照明の灯されている玄関部分に目を向けて慌てて足に力を込める。
そこに鎮座する、巨大な二匹の獣を見詰めて全身を硬直させた。

一瞬、精巧に作られた置物かと思ったが、違う。身体の後ろで、激しく尻尾が振られているのが見える。

どちらもほぼ同じサイズだ。座っていても、ずいぶんと大きい。この外見で、多喜の知っている動物といえば……。

「狼……」

まさか。そんなわけは、ない。

自分のつぶやきを声に出すことなく否定したのと同時に、斜め後ろから伊勢谷の声が聞こえてくる。

「犬だ。アラスカンマラミュート」

「犬っ？　で、ですよね」

伊勢谷の声と姿に反応してか、多喜の目の前で座っている二匹の犬の耳が、ほぼ同時にぴくぴくと動いた。

尻尾だけでなく、足元もうずうずしている。帰宅した伊勢谷を歓迎して飛びかかりたいのを、必死で我慢しているのだろう。

きっと、きちんと躾がされているのだと思うが……ともかく大きい。

巨大な体躯だけでなく、大きな三角形の耳も、ハッハッと舌を出している口元から覗いている立派な牙（きば）も……やはり、犬より狼に近いのでは。

犬から目を逸らせないまま硬直していると、ポンと軽く背中を叩かれてビクッと身体を震わせた。

「多喜だ。……コイツを家に入れてもいいか」

犬は、人間の言葉を理解しないだろう。そうツッコミを入れることもできないほど、自然に話しかけている。

伊勢谷に背中を押されて一歩足を踏み出した多喜は、こちらに鼻先を向けてきた二匹にグッと息を呑む。

　これほど大きな犬と間近で対峙するのは、初めてだ。それも、二匹……いや、このサイズになれば数え方は『二頭』か。

　犬が嫌いなわけではないが、どんなふうに接したらいいのかわからなくて、身動ぎ一つ取れない。

　目を逸らすこともできず、犬たちの動向を窺った。

　クンクン……足元の匂いを嗅がれている。少しずつ移動して、膝あたり……身体の脇で握り締めている手に鼻息がかかった直後、ペロリと舐められた？

「ッ……」

「尚央。合格だろ」

　多喜と犬たちの様子を黙って見ていた伊勢谷が、少し離れたところに立っている田倉に話しかける。

　釣られて、ぎこちなく首を動かして田倉を見遣った。

「……そのようですね。まぁ……初対面の人間を警戒しないのは、褒められたことではありませんが」

「多喜に少しでも悪気があれば、とっくに追い払っているだろうよ」

　田倉との会話を切った伊勢谷が、多喜の隣に並んで犬に手を差し出す。自分たちに構ってくれると期待してか、二頭はキラキラとした瞳で伊勢谷を見上げた。

多喜にも、犬たちがものすごく喜んでいることは伝わってくる。尻尾が、ぶんぶんと空気を切る音が聞こえてきそうなほど、激しく振られているのだ。

「シリウス」

向かって右側の犬の頭に手を置いて名前を呼ぶと、嬉しそうに顎を上げて尻尾の動きが激しくなる。

「こっちは、リゲル」

今度は左側の犬の頭に手を乗せて、名前を口にする。それに呼応してか、小さな声で「ウォン」と吠（ほ）えた。

「シリウスが兄貴で、リゲルはまだ子供だ。……デカいって思っただろ」

「……思いました」

子供と言われた左側の犬、リゲルは……心なしシリウスと呼ばれた犬より小柄かな？　という程度でさほど違いはない。

どちらにしても、印象は大きい獣というしかなく……。

「多喜には、コイツらの世話もしてもらおう。詳しいことは、尚央に聞いてくれ」

「お、おれ……犬の世話をしたことなんか、一度もない……んですが」

驚きのあまり、硬直が解けた。隣の伊勢谷を見上げて、視線で、声にできなかった「無理」

を訴える。

多喜はずいぶんと情けない顔をしているはずだが、伊勢谷は微笑を浮かべて必死の訴えを退けた。

「だから、尚央に聞けばいい。忙しい時にペットシッターを雇おうとしたが、シリウスが人の好き嫌いの激しいやつで……なかなか受け付けなかったんだ。尚央の手がこいつらに取られなくなるなら、ありがたい」

「で、ですがおれは」

ペットシッターというものは、プロの人だろう。自分は素人で、犬とろくに係わったこともなくて……。

今度は田倉に目を向けると、無表情で多喜を見ていた。その視線は、凍りつくように冷たくて……なにも言えなくなる。

「こんなに可愛い子たちの、お世話をすることができるんです。なにが不満ですか？」

多喜が犬を受け入れないことが信じられない、とばかりに眼鏡の奥で目を細める。

伊勢谷は、少し背中を屈めて両手で交互に犬の頭を撫で回していて、もう多喜の訴えなど聞いてくれそうにない。

チラリと見下ろした二頭の犬は、多喜の視線を感じたのか鼻先を上げてこちらに目を向け、ハッハッと舌を覗かせた。

「おまえら、そんなに多喜が気に入ったか。いい笑顔だな」

……笑顔、に……見えなくもない、か？　犬の表情など、わからないが。

もう声もなく立ち尽くす多喜の脳内に、この数時間の出来事が走馬灯のように駆け巡った。

合法カジノの地下にあった、とても健全とは言い難い怪しげな場所に迷い込み、口封じ代わりにカードゲームの景品にされた。

その立場から逃れる術として自らカードゲームに参戦して勝ち上がろうとしたけれど、カジノのオーナーらしい伊勢谷のモノとなり、自宅に連れてこられて野望が叶わなかった。

伊勢谷のモノとなり、自宅に連れてこられてどんな目に遭うのか……虚勢を張りながら密かに怯えていたのに、『犬の世話』だと？

「んー……なんか、腹が減ったな。尚央、夜食。こいつらには飯を食わせているよな？」

ひとしきり犬たちと戯れていた伊勢谷が、屈めていた背中を伸ばしてふとつぶやく。

もう自分たちに構ってくれないことを悟ったのか、犬たちはその場に座り直して伊勢谷を見上げていた。

「ええ。夕方に一度戻って、散歩と食事を済ませています。……多喜、家事ができるという言葉は本当でしょうね」

「は、はいっ」

不意に名前を呼ばれた多喜は、無意識に様子を窺っていた犬から視線を引き剥がすと、居住まいを正して田倉に答える。

「お手並みを拝見するとしましょう。使いものにならないと判断したら、それなりに教育させていただきます。オーナー、異論はありませんね」

「……あまり虐めるなよ」

「人聞きが悪いですね。それに関しては、彼次第です」

チラリと横目でこちらを見遣った田倉の目は、これ以上ないくらい冷たく……厳しい。

多喜の処遇が気に入らないであろうことは、最初から伝わってきていたのだから、これで『使えない』と判断されれば……伊勢谷の言葉通り、虐められるのだろうか。

「ほら、キレーな顔が引き攣ってるだろうが」

伊勢谷の右手の甲を頬に押しつけられて、ビクッと肩を震わせる。

ビクビクしていると思われるのは悔しいのに、この人は最初からなにかと距離が近いのだ。まるで、多喜のことも犬に見えているのではないかと思うほど……。

「怯えさせているのは、私よりもあなたでしょう。警戒されたくなければ、不用意に手を触れないほうがいいと思いますが」

「つっても、キレーなものは触りたくなるだろ？　髪の質感も、肌も……好みだな。眺めるだけだなんて、もったいない」

スルスルと、自然な仕草で髪や頬、首筋にまで指を滑らされて身体を強張らせた。

伊勢谷の触れ方は風が撫でるかのような手つきで、粘着質な空気は感じない。そのせいか、自分でも驚くほど触れられることについての嫌悪感はないけれど……スキンシップに慣れていないこともあって、他人の体温は落ち着かない。

「美術館でその論を振りかざして実行すれば、一発退場ですね」

多喜が困惑して動けずにいると、呆れたようにこちらを見ていた田倉が淡々とした調子で口にした。

自分を美術品と同等の立場に置くつもりはないが、わかりやすい例えだ。

田倉の言葉にふんと鼻を鳴らした伊勢谷は、傲慢としかいいようのない台詞を吐く。

「……気に入ったものは、買い取れば文句はないだろう。俺のモノになれば、触ろうが舐めようが文句は言わせない」

「子供ですか。世の中、いくら権力や財があったとしても、望むがままに所有できるものばかりではないと思いますが……」

ふと、視線を泳がせた田倉と目が合う。

多喜を目にして言葉尻を濁しながら、ほんの少し笑みを浮かべた？

表情に変化があったと感じたのは一瞬で、「多喜、ついて来てください」とすぐに背を向けられてしまったこともあって、確かめる術はない。

この邸宅に、田倉も共に住んでいるのだろうか。会話を聞いていても、秘書と雇用主という

関係にしてはずいぶんと親しそうだ。

多喜の処遇も、伊勢谷が独断で決めたようでいて……最終的な決定権は、田倉にあるような気がする。

それだけ信頼関係が築かれているということか。

「ククッ、なんかアレだな。嫁いびりをする姑（しゅうとめ）……って雰囲気。うーん……我ながら、見事な配役だ」

田倉と多喜のやり取りを見ていた伊勢谷は、きっと思いつきで勝手なことを口走り……腕組みをして、自分の言葉に満足そうにうなずいている。

振り向いた田倉に無言で睨まれても、素知らぬ顔だ。

ふっと小さく肩を上下させて息をついた田倉は、多喜に視線を移して口を開いた。

「多喜、そこの人は放っておいて構いません。キッチンへ案内しますが、ついでに間取りも覚えてください。私は、同じことを二度言うつもりはありませんから」

「……はい」

田倉の後ろについて歩きながら、「嫁いびりをする姑」という伊勢谷の言葉が脳内を駆け巡っていたことは……悟られないよう、なんとかポーカーフェイスを取り繕った。

田倉のことは数時間分しか知らないけれど、伊勢谷が見事だと自画自賛した通り、その言葉がやけに似合う。

多喜を「自分のモノ」と言い出した伊勢谷の真意はまだわからないが、少なくとも寝床を与えてもらったことは確かで、田倉の不興を買って追い出されないようにしよう……と心に決めた。

ここでの多喜の役目は、ペットシッター……いや、ハウスキーパーがメインだろうか。

どちらにしても、質（たち）の悪い借金取りにつけ回されて、ネットカフェやファストフード店を漂流するよりマシなはずだ。

《四》

伊勢谷の邸宅での日々は、それまでの多喜との日常とは正反対で……驚きと戸惑いの連続だった。

家事や犬たちの世話については、田倉が教えてくれると言ったが、予想していたことではあるけれど『超』がつくスパルタ教育だった。

本人が予告した通り、同じことは二度言ってくれない。犬たちの散歩は最初の一度だけ田倉について行ったが、後は「覚えましたね」の一言だ。

一日のタイムテーブルに関しても同じで、多喜は午前中に犬たちを散歩に連れていき、朝食を食べさせて掃除や洗濯といった家事を行い……伊勢谷は昼前後に寝室から現れる。田倉はそれまで自室にいるのだが、多喜に家事を任せて寝こけているわけではなく……きちんと身嗜みを整えて、仕事をしているようだ。

その後は、ブランチを済ませた田倉と伊勢谷は連れ立って出かけて、多喜は犬たちと留守番……と、コッソリ昼寝をさせてもらう。

陽が落ちて、犬たちの夜の散歩と夕食の世話を済ませた頃に田倉が多喜を迎えに来て、『カジノ』へ出勤だ。

夕方の一時帰宅は、伊勢谷が一緒の時もあるし、別のところで仕事をしていて田倉だけが戻ってくることもある。

カジノを閉店した後の深夜の帰宅時に、三人が揃い……多喜は、田倉と伊勢谷がどこでなにをしているのか、ほとんど知る術がない。

伊勢谷のモノになるとは、どういうことだろう。田倉と伊勢谷の、どことなく不穏な会話からは、嫌な予感しかしない……。

当初、そうして想像力を働かせていろいろ考えていたパターンはすべて空振りで、どういえばいいか……恐ろしく平和で健全な毎日を送っている。

目まぐるしい日々に、余計なことを考える余裕もなく……気がつけば、『伊勢谷のモノ』になって一週間が経つ。

「ん……？」

窓の外から、小鳥の囀(さえず)りが聞こえてくる。薄く目を開いた多喜は、室内の暗さに再び瞼を閉じた。

現在時刻を確かめるまでもない。鳥はやけに早起きだけれど、まだ夜明け前だ。

もう少し眠っていられる……と思っていたのに、目覚まし時計のアラームより容赦なく起床を促される。

「ぅ……っ、わ、待て……ッ！」

まずは、右手をペロリと舐められた。すかさず、左手も。

ベッドに身体を起こすより早く、ギッとマットレスが揺れて……顔面を舐め回される。胸元に圧し掛かっている重みのせいで、息が苦しい。

「リゲル。……シリウスも、重……っ」

顔面を舐め回しているのは、年若いリゲルのほうだ。年上のシリウスは、多喜の腹から胸元にかけて遠慮なく乗り上がっている。

なんとかリゲルを押しやって上半身を起こすと、二頭の大型犬は再びベッドに乗り上がって多喜を見詰めていた。

視界は薄暗いが、尻尾が左右に振られているのは見て取れる。

「お、おはよ……。散歩と、ご飯だな」

賢い二頭は、新入りの多喜が『散歩&ご飯係』だということを、一週間もしないうちに覚えた。

最初は大型犬の迫力に声も出せず硬直するばかりだったが、こうして早朝に起こされることにもう驚かない。

ここに来て三日目、多喜が『朝の散歩と朝食係』だと認識したらしい二頭の「起きろ」攻撃を受けた際は、寝起きに「うわ！」と悲鳴を上げてしまった。

起こし方は容赦のない二頭だが、のそのそとベッドから下りてパジャマを脱ぎ、散歩用のスポーツウェアを身に着ける多喜をジッと待っている。

吠えて急かすでもない。……ただし、視線が痛い。

「お待たせしました」

上着のファスナーを半分ほど上げて、小物用のポケットにこの家のカードキーを入れる。玄関扉はオートロックなので外出するのには問題ないが、カードキーを忘れると家に入ることができないのだ。

初めて二頭を連れて朝の散歩に出かけた際、慣れないカードキーというものをうっかり持ち忘れてしまい……田倉に呆れられた。

二頭に、それぞれ赤と青に色分けされている散歩用のリードを装着すると、空が白み始めた外に出た。

早朝の空気は澄んで気持ちよく、深夜シフトのアルバイト明けとは異なる清涼感を身体で感じる。

「寝てないのと、早起きの違いだろうなぁ」

多喜のつぶやきの意味など知る由もない二頭は、人通りのほとんどない住宅街を抜けて河川敷へと向かう。

この散歩コースは、犬たちが多喜を先導して教えてくれたものだ。河川敷に出ると、散歩ではなくランニングが始まる。

「なんか、ものすごく健康的な生活だ」

運動量が多い二頭の犬と共に、朝と夕方それぞれ一時間近くこうして散歩をして、伊勢谷の家では掃除等の家事をして……夜は、二人と一緒にカジノへ出かけてボーイだ。

途方もない額だと思っていた借金は、田倉曰く『オーナーが肩代わりをして返済をしています』ということなので、正体不明の借金取りに追われることもない。

返済相手が伊勢谷に代わっただけであっても、精神的なプレッシャーはずいぶんと軽くなった。

「総額がどうなっているのかは、教えてくれないからわかんないけど。……家事とおまえたちの世話と、カジノでのボーイじゃ……大した額は返せないだろうなぁ」

伊勢谷からは、自分のモノの面倒は見ると、衣食住に必要な生活費を多喜から徴収するつもりはないと聞いている。

その言葉通り、私服をほとんど持っていなかった多喜は大型衣料品店へと連れていかれ、靴下やら下着だけでなく靴まで揃えてもらった。

住み込みのハウスキーパー兼ペットシッターにしては、ものすごくいい待遇だろう。

「初対面の印象が、ああだったから……変に疑って、申し訳ないことをした」

でも、怪しいとしかいいようのない地下カジノで、賭けの景品として伊勢谷に所有物宣言をされたのだから、多喜でなくても警戒するはずだ。

これほど待遇がいい理由は、なにより……。

「おまえたちのおかげだよな」

多喜の一メートルほど前を軽快に走っている、二頭の犬のおかげだろう。彼らに気に入ってもらえなかったら、こんな生活は送れていないはずだ。

大学が休学状態だということだけは気にかかるが、快適といっても過言ではない日々を過ごしている。

伊勢谷のオーラが強力すぎて、『疫病神』だとかも多喜に近づけないのかもしれない。

「帰ったら、朝ごはんだ。笹身(ささみ)をトッピングしてやろ」

多喜が何気なく口にした『笹身』という単語が耳に入ったのか、二頭の足の運びがますます速くなる。

伊勢谷に大事にされている二頭の犬は、ドライドッグフードに加えて、ボイルした笹身や白身魚、たまに牛肉なども食している。

初めて彼らの食事内容を知った多喜は、自分より遥かに豪勢な食事を与えられている犬たちに唖然として、伊勢谷に笑われてしまった。

「そんな急がなくても……もうちょっと、ゆっくり。おれが、ついて行けないからっ」

力の強い二頭に引っ張られ、「お願いします」と懇願する多喜を、同じように犬を連れて河川敷を歩いている人たちがクスクス笑いながら見ている。

立場的に、二頭より下なのだ。

制止しようにも、多喜の言葉など聞いてくれるわけがなく……伊勢谷の邸宅に戻る頃には、ゼイゼイと息を切らして痛む脇腹を押さえるという情けない状態になっていた。

散歩コースは普段通りで、距離も変わらないのに……要した時間は三分の二ほどだ。それだけ早足だったのだろう。

乱れた息を整えながら専用の洗い場で二頭の足の裏を洗った多喜は、不用意に『笹身』等の言葉を口にするのはやめようと、己の失敗を反省した。

田倉に話せば、「いくらなんでも舐められすぎですね」と呆れられそうだが……。

□　□　□

意図せずとはいえ存在を知ったことにより、多喜の持ち場は合法カジノから『地下カジノ』に変更になった。

ボーイという身分は変わらないけれど、あの夜にカードゲームの場に居合わせた黒服やボーイ、客の一部まで『多喜は伊勢谷の所有物』だと知っていて、なんとなく居心地が悪い。

露骨になにか言ってくるでもないが、妙に遠慮がちとでもいうか……多喜の背後に伊勢谷の影を見ているせいで、よそよそしいに違いない。

虎の威を借りるつもりなどない多喜にしてみれば、気分がよくない。言いたいことがあるならハッキリ言えと、変に目を逸らす連中に詰め寄りたくなる。

「……多喜。顔が怖いですよ」

ゲーム台に置かれている空のグラスを回収してバーカウンターへ運んでいると、背後から肩を叩かれた。

「はっ、い？」

不意打ちに驚き、妙な声を漏らしながらビクリと身体を震わせてしまう。

グラスを載せているトレイをギュッと掴んで振り向くと、予想していた人物……田倉が立っている。

無意識に眉根を寄せていたか、顔が強張っていたのかもしれない。

「……すみません」

「なにかありましたか？」

表情筋を緩ませて謝罪をすると、わずかに首を傾げて尋ねてきた。

照明が絞られているので、ハッキリと顔を見て取ることはできないけれど、淡々とした声にほんの少し懸念が滲んでいる。

「いいえ。あ、田倉さんこそなにか……？」

田倉は、基本的にカジノでは裏方に徹している。伊勢谷も、厄介な客が暴れている時や知人へ対応する時以外は、滅多にフロアへは出てこないので、オーナーの顔を知らない新人の従業員や常連も多いはずだ。

多喜の対戦相手に名乗りを上げたあの日は、ごく稀な『例外』だったのだと今ならわかる。だからこそ黒服やボーイは、多喜に対して腫れ物に触れるようなよそよそしさで接してくるのだろうけれど。

「ブラックリスト入り一歩手前の男を、確認しましたので。いっそ、大きな問題を起こしてくれれば遠慮なく出禁にできるのですが……」

バーカウンターの隅からフロアを眺めている田倉は、厄介な客を迷惑がっているというよりも……問題を起こしてくれることを、期待しているようだ。

フロアのどこにその問題の男がいるのか多喜にはわからないけれど、田倉はモニタールームで把握済みなのだろう。

「そんなに面倒な人なんですか？」

「彼自身が……というより、バックが、ですが。官僚の子息なんです。このカジノの存在を、黙認してくださっている人物で……まぁ、その方もお得意様の一人ですが。七光りをギラギラ乱反射させて、やりたい放題でして。近頃、他のお客様からの苦情も多くなってきましたので……派手にしでかしてくれれば、叩き出してやれるんですけどね」

田倉はいつもと変わらない調子で淡々と語っているが、チラリと見遣った顔には珍しく苦いものが滲んでいる。

つまり、その愚息が自発的に揉め事を起こしてくれれば、『七光りの大元』に角を立てることなく出入り禁止を言い渡せるというわけか。

「彼の好みは把握してあるので、餌(えさ)を撒くという手もありますが。場慣れしない風情の、初心(うぶ)で大人しそうな黒髪美人など、そうそういるわけが……」

言葉の途中で、田倉の視線が多喜に流れてくる。口を噤み、足元から頭の上まで視線を往復させ……ふっと唇に微笑を浮かべた。

綺麗な顔にじわりと滲む笑みは、失礼ながら恐ろしい。そして目が合った瞬間、何故か背筋をゾクゾクと悪寒が這(は)い上がった。

「そ、その条件、田倉さんにピッタリ当て嵌まりそうな……」

「私では、年齢的に除外されます。それ以前に、伊勢谷側の人間だと面が割れていますので対象外です。……一ヵ月ほど姿を現さなかったので、多喜のことは知らないはずですね」

「…………」

一歩、距離を詰めてくる。

多喜が、反射的に同じだけ足を引いても容赦なく近づいてきて、多喜の手から空になったグラスが載ったトレイを取り上げた。

トレイをバーカウンターの端に置くと、カウンターの内側でカクテルを作っているバーテンダーに声をかける。

「そうですね……オレンジブロッサムをお願いします。ロングで」

「はい」

短く答えたバーテンダーが、カウンターに並ぶボトルを手に取る。身体の向きを変えた田倉が多喜と顔を合わせて、視線を絡ませてきた。

「これから多喜がするべきことはなにか、わかりますか？」

田倉は、こうしろと一つも具体的に言ってくれない。でも、先ほどの話の流れから察することはできる。

「……たぶん、わかります」

ポツリと口にすると、目を細めて満足そうな微笑を浮かべた。

「頭の回転が悪くない子は、好ましいですね。では、これを持って……壁側のビリヤード台にいる、悪趣味……失礼、派手なハイビスカス柄のシャツを着た男に勧めてください。後は……バカが食いついて、ひと騒ぎ起こしてくれれば成功ですが」

多喜に、縁にスライスされたオレンジの飾られたカクテルグラスを差し出しながら冷淡に語った田倉は、言葉の最後のほうで本音が漏れているという自覚はあるのだろうか。

バカを食いつかせて、ひと騒動起こさせろ……と。

多喜は、自分に課された任務を心の中で確認して、オレンジ色のカクテルが注がれたグラスをトレイで受け取った。

声をかけるタイミングが、難しい。

「あー……キューボールを落としたぞ。罰ゲームな」

ガコンと鈍い音が響き、ビリヤード台に手をついていた男の一人が楽しそうな声を上げる。

チッと舌打ちをした金髪の男は、投げるようにビリヤード台へキューを置いて、台に背を向けた。

今がチャンスだと見極めた多喜は、そっと歩み寄った。

ビリヤード台の脇にある小さなテーブルの上に置かれたグラスは、三つすべてが空になっている。

「お客様。お飲み物のグラスが、空いているようですが……よろしければ、こちらはいかがですか？」

　そう話しかけてトレイに載せたカクテルグラスを勧めた多喜を、派手な柄シャツの男はジッと見下ろしてきた。

　薄暗い空間でも一際目立つ、金髪だ。年齢は多喜よりいくつか上だと思うが、一般的な会社員には見えない。

　田倉から官僚の子息だと聞いていても、育ちのよさそうなお坊ちゃんという雰囲気は感じなかった。

「オレンジブロッサムか。……意味深だな」

「……はい？」

　なにが意味深なのか、多喜にはわからない。このカクテルを作るようバーテンダーに指示したのは、田倉だ。

　戸惑う多喜をよそに、微笑を浮かべた男はグラスを手に取って、オレンジ色の飲み物を半分ほど喉に流し込んだ。

「初めて見る顔だな」

　グラスを小さなテーブルに置くと、多喜を見下ろしてボソッと口にする。品定めでもするようにマジマジと見詰められるのは、あまり気分がいいものではない。

「新人なものでして、至らないところもあるかと思いますが……」

男の言葉に答えていた多喜だったが、不自然に声を途切れさせてしまった。

手首より少し上……腕を、掴まれたせいで。伊勢谷ほどではなくても大柄な男の手は大きく、多喜の腕に指が回りきっている。

戸惑ったが、ボーイという立場上振り払うことはできない。

「ちょっと相手しろよ。俺、抜けるわ」

「おー……」

ビリヤード台のところにいる、似通った格好の友人らしい男に声をかけると、多喜の腕を掴んだまま壁際に移動する。

目の前に立ち塞がられると、もともと照明が絞り気味なこともあって……視界の薄暗さに拍車がかかった。

「ここのボーイにしては、毛色が変わってるな。なにかやらかして、放り込まれたのか？」

「いえ……」

指先で前髪に触れられて、反射的に身体を引いた。ところが、すぐに背中が壁に当たってしまい、思うように逃げられない。

「よくあるものだと、借金か……怖いオジサンの車に、うっかり傷でもつけたか？」

「…………」

どう答えるのが正解なのだろう。

田倉は、適当に騒動を起こしてくれれば……と言っていたが、基本的に諍いを避けてきた多喜は、普通に話している相手を逆上させる術など知らない。

答えられずにいる多喜をどう思っているのか、ニヤニヤと笑いながら見下ろしている。

「あの、申し訳ございませんが手を離していただきたいのですが」

「やーだね」

意を決して手を離してほしいと話しかけた多喜に、軽い口調で返してきた。多喜が強く出られないことがわかっていて、完全に下に見られている。

どうせなら、もっと具体的に指示を出してほしかった……と、どこかで自分たちの様子を窺っているはずの田倉を思い浮かべた。

「若いな。学生か？　その年じゃ、借金だとしても大した額じゃないだろ。俺が肩代わりしてやろうか」

「い、いえ。そんなことをしていただくのは……」

多喜の前髪を指先で弄っていた男は、肩代わりを……と口にしながら首筋に触れてくる。耳朶を摘まれて、ビクリと肩を竦ませた。

ハッキリ言って、気持ち悪い。胸の奥から、ムカムカと不快感が込み上げてくる。

伊勢谷に同じように触れられた時は、こんなふうに感じなかったのに……？

「遠慮しなくていいって。こう見えて、俺、金には困ってないからさ。可愛い子は助けてあげたいなぁ」

多喜が遠慮しているわけではないということは、伝わっているはずだ。それにもかかわらず、笑いながらシャツの襟元に指先を突っ込んでくる。

きっちりと留めてあるボタンを、一つ……二つ外された。素肌に感じる生ぬるい体温が気持ち悪さを加速させる。

多喜が抗えないのをいいことに、更に壁際へと追い詰められて身体を密着させられた。

「……困った顔も好みだな。心配しなくても、俺たちがなにをしていようと誰も気にしないからさ」

それは……多喜も知っている。

大人のゲームセンターといった、健全な雰囲気の地上の合法カジノとは違い、地下のここは流れる空気からして違う。

賭けゲームの景品となるものは、現金だけでなく宝飾品や大麻らしきものから正体不明のドラッグ類、多喜のように……人間まで。

ボーイとしてフロアを歩いていると、隅のほうの暗がりで男女が密着している場面に遭遇することも珍しくない。

誰もが、他人がなにをしていても見て見ぬふりをして素通りする。だから、ボーイの多喜が客に迫られていようと割って入る人間など皆無だ。

自力で逃れるしかないが、田倉に指示された『出禁を言い渡すことのできる騒動』に誘導するためにはどうすればいいのか……。

抵抗する力が弱いのをいいことに、男の手は多喜の着ているボーイの制服をどんどん乱していく。

シャツの裾をウエストから引き出されて、内側に手を突っ込まれそうになったところで我慢の限界がきた。

「す、みません。ッ、も……」

もう嫌だ、限界……と悲鳴を上げた心の声に従って、それ以上侵入してこないように男の右手を掴む。

多喜が明確に抵抗したせいか、男は不快そうな顔で睨み下ろしてきた。

「なんだよ。客に向かって、嫌だとか言っていいのか?」

眉根を寄せて険しい表情で多喜の両肩を掴んで壁に押しつけ、苛立ちを含んだ低い声でそう言い放った直後。

「……そういう店じゃないからな。ボーイへの破廉恥な行為は、ご遠慮いただきたいのですが」

聞き覚えのある男の声が、耳に流れ込んできた。同時に、多喜の肩を押さえつけていた手が離れていく。

多喜の目前に立ちはだかっていた男が、背後に身体を捻っている。そこに立って、男の腕を掴んでいるのは……。

「離せよっ。俺を誰だと」

「知らねーよ」

食ってかかる男に短く答えると、掴んでいた手を離してジロリと睨みつける。

壁に背中を預けた多喜は、全身の力がスーッと抜けるのを感じた。そこで初めて、緊張で身体が強張っていたことを自覚する。

金髪の男の前に立っているのは、見慣れた黒いスーツ姿の伊勢谷だ。無言で、ただ男を睨みつけているだけなのに……つい先ほどまで多喜に対して居丈高に振る舞っていた男が、萎縮しているのが見て取れる。

自分が威嚇されているわけではないのに、伊勢谷の発するオーラは重くて……息が詰まりそうだ。

「黒服が、客にそんな態度を取っていいのかっ？」

気圧されていると、自覚していないのか……わかっていながら、必死で虚勢を張っているのか、男は伊勢谷に向かって忌々しげに言葉を投げつける。

傍観しているだけでも、勝てるわけがない相手だと……一戦交えるまでもなく、勝負は見えているのだが。

苛立ちと怯えを隠せていない男に、伊勢谷は余裕たっぷりの態度で微笑を滲ませた。

「……ここは、大人が密かにワルイ遊びを楽しむ場だ。場の空気も読めんガキは、客だと認めねぇ。それに……」

「ッ！」

伊勢谷の手が伸びてきて、二の腕を掴まれる。力強く引き寄せられた多喜は、伊勢谷の腕の中で身を硬直させた。

……動けない。

絶対に逃れることのできない強固な拘束ではなく、身体に巻きついているのは左腕一本だけなのに、振り払うことができない。

奥歯を噛み締め、ドクドクと速度を上げる心臓の鼓動を感じるのみだ。

「コレは、おまえが軽々しく触れていいものじゃない。俺のモノだ」

「ぁ……」

裾を引き出されて乱されているシャツを捲り上げるようにして、背中へと手を潜り込ませてくる。

大きな手が素肌を撫でるのにも、ビクッと小さく身体を震わせただけで抵抗らしい抵抗をすることはできない。

「な……んだ、それ。あんたのモノだって、名前でも書いてんのかよ」

精いっぱい凄んでいるつもりかもしれないけれど、男の声からは最初に纏っていた棘が抜けている。

　場を支配する伊勢谷に必死で張り合おうとしていながら、指先さえ届いていなくて……憐れだ。

　そんなふうに分析することのできる自分が、不思議だった。

　多喜の鼓動を乱す原因は明らかに伊勢谷で、でも同時に……この腕の中にいれば、なにもかも護られているように感じる。

「名前を書く、か。形振り構わず主張をする必要性など、感じないからな」

「ッ！　……ぁ」

　ゆっくりと背骨を撫で上げられた瞬間、ざわりと肌が粟立った。膝から力が抜けそうになり、反射的に目の前の伊勢谷に縋りつく。

　動悸が激しさを増す。伊勢谷の手に触れられたところから、奇妙な熱が波紋のように全身へ広がっていくみたいだ。

　戸惑う多喜をよそに、伊勢谷は手を引くことなくもう片方の手でうなじに触れてきた。

「ん……」

　肌のざわつきが更に激しくなり、グッと歯を食い縛る。そうして顎に力を入れていなければ、自分がどんな声を漏らすかわからなくて怖かった。

「なぁ、多喜。おまえは俺のモノだって、そこのお坊ちゃんに教えてやれよ」

「ゃ……ァ」

身体の向きを変えられて、腹から胸元に手のひらを這わされる。頬が熱い。顔だけでなく、身体のあちこちが熱を帯びていく。

心臓の鼓動は、どこまで速くなるのだろう……。

顔を背けているのに、先ほどから言葉もなく見据えているらしい男の視線を感じる。薄暗くても、この距離なら多喜の様子はハッキリと男の目に映っているだろう。

身体を震わせながらも歯を食い縛っていると、耳のすぐ傍で伊勢谷が低くつぶやいた。

「強情だな」

指が……ゆっくりと唇を撫でる。顔を掴むようにして顎を上げさせられた直後、視界が真っ黒に染まった。

「……ぇ、ぁ」

食いつくようにして唇を塞がれている。驚いて顎の力を抜くと、ぬるりとあたたかく濡れた感触のなにかが口腔に潜り込んできた。

「ぁ！　ッ……ン、ぅ」

舌に吸いつかれて、吐息まで支配される。苦しいのに、伊勢谷の腕に囚われていて思うように動くことができない。

状況を把握する間もなく、どんどん追い上げられていく。

「っは……、は、ぁ……ッ」

塞がれていた唇がようやく解放されて、貪るように空気を吸い込んだ。頭が、くらくらする。全身が痺(しび)れているみたいで、どこに触れられても震えが走る。

大きな手で前髪を掴むようにして顔を上げさせられて、震える瞼(まぶた)を押し開いた。

高圧的な態度で多喜を追い詰め、伊勢谷に突っかかっていた男は……呆然(ぼうぜん)と立ち尽くしている。

「ほら、多喜。おまえは誰のモノだよ?」

「ぁ……ッ、ゃ……伊勢、谷さ……の」

喉の奥から絞り出すようにして声を出したけれど、伊勢谷は許してくれない。喉元を覆うようにして、多喜の耳に唇を押しつけてきた。

「あいつまで、聞こえてねぇぞ」

「ん……ぁ」

軽く歯を立てられ、少しだけ落ち着いたと思っていた動悸が再び忙しないものになる。

身体中が熱い。伊勢谷の腕の中で熱っぽい吐息を零したと同時に、落ち着いた男の声が割って入ってきた。

「失礼。オーナー自ら、店の風紀を乱さないでください」

「野暮だな。邪魔するな、尚央」

ピタリと伊勢谷の手が動きを止め、多喜は安堵の息をつく。力が抜けて崩れ落ちそうになった身体を、力強い腕に抱き留められた。

今の声は、田倉……か。

「……あなたは、独占欲が強いタイプだとは思っていましたが。実のところ、見せつけたがる趣味がおありでしたか」

「チッ……」

伊勢谷が舌打ちをしたと同時に、視界に田倉の姿が入った。

手が伸びてきて、いくつか外されていたシャツのボタンを留められる。なにを思っているのか……表情は変わらないし、言葉もないのでわからないけれど、手際よく乱れていた服を直された。

「オーナー……？」

ポツリとつぶやいた男の声は、多喜と伊勢谷と……田倉にも聞こえたはずだ。

身体の向きを変えた田倉が、普段と変わらない落ち着いた声で男に語りかける。

「あまりフロアに顔を出しませんから、ご存じなくても仕方ありませんね。ご自身の過ちを悟りましたか？　……あなたのお父上からも、こちらで遊興されるのを楽しみにしていると仰っていただいております。会員カードをこの場で返納して、静かにお帰りになられるようでしたら、本日の件はなかったことにいたしましょう」

父親に告げ口をしても、無駄だ。

それどころか、自分の立場が悪くなる。

今すぐ出ていって、二度と来るな……と。

田倉が静かに告げた言葉の真意は、多喜にも伝わってきた。

「おまえ、回りくどく嫌みな言い方をするな。ハッキリ言ってやればいいのに」

「……わかりやすい言葉を選んでいます。私が思うより頭が悪くなければ、意味は理解できるでしょう」

田倉がそう言い放った直後、ようやく金髪の男が動いた。苛立たしげな仕草で、革のパンツの後ろポケットから薄い財布を取り出す。

「ッ、……んなところ、二度と来ねぇよっ！　遊ぶ場所は、他にいくらでもあるんだ」

財布から取り出したカードを床に投げつけた男は、それだけ言い残して踵を返そうとしたけれど……。

「あなたが最近お気に入りの、六本木のクラブと銀座のバーもオーナーは同じですので。お忘れなく」

田倉の言葉に足を止め、無言で壁を蹴りつける。

伊勢谷の迫力と肩書きに負けて、あっさり引き下がるところといい……八つ当たりの方法まで、情けない。

「お見送りを」

「……………」

もう捨て台詞も出ないらしく、田倉に指示された黒服に付き添われてフロアを出ていった。

ビリヤード台のところに残された数人の仲間に、見向きもしない。

「追い討ちをかけるなぁ」

のんきな調子でつぶやいた伊勢谷は、まだ鼓動が落ち着いていない多喜とは対照的に平素の余裕を纏っている。

多喜は、視線を向けることさえできずにいるのに……。

「情けは無用です。……小蠅は追い払ったことですし、移動しますか」

田倉がフロアを見回した途端、雑多な音が耳に流れ込んできた。

余裕のない多喜が周囲の音を拾えていなかったのか、居合わせた人たちが遊びの手を止め、息を呑んでこちらを窺っていたのか……どちらだろう。

「あー……そうだな。……行くぞ、多喜。いつまで尚央にくっついてんだ」

田倉の言葉にうなずいた伊勢谷は、多喜の腕を掴んで自分に引き寄せると、マイペースに歩き出す。

伊勢谷が多喜を引き寄せた瞬間、田倉がクスリと笑ったように見えたけれど……今はもう、感情を窺えない無表情だ。

「あの、手……を」

小声で訴えても、前を歩く伊勢谷は多喜の腕を離してくれない。

離せと振り払うこともできなくて、チラチラと投げつけられる視線から少しでも逃れようと、うつむき加減に足を運んだ。


モニタールームへ向かうのかと思えば、その前を素通りして……更に奥へと進み、伊勢谷がドアを開く。

無言で手を引かれるまま足を踏み入れたのは、これまで多喜が入ったことのない部屋だった。

ゆったりとしたカウチソファに、大きなテーブル……つい今しがたまで使用していた雰囲気のノートパソコンと、マグカップが置かれている。

あとはスチールの書棚が一つと、壁掛けの薄型テレビがあるだけのシンプルな小部屋だ。

「クラブのほうの新入りスタッフについて聞きたいことがあったんだが、モニタールームにいないからどこでなにやってんのかと思えば……おまえ、多喜を人身御供(ひとみごくう)にしただろう」

多喜の腕を掴んだまま田倉を振り向いた伊勢谷が、ジロリと睨みつけながら低い声で問いかける。

迫力に満ちた声と表情だったけれど、田倉はシレッとした顔で伊勢谷に反論した。

「人身御供とは、人聞きの悪い言い回しですね。適材適所というものです。目障りだった迷惑客を、どこにも角を立てず出入り禁止にすることができて……まずは、多喜の働きを褒めるべきでは？」

「ここに、角が立ってんだよ」

自分の胸元を親指で指した伊勢谷は、険しい表情のまま今度は多喜を見下ろしてくる。

言葉はなくても、圧迫感が尋常ではない。田倉は平然としていたけれど、多喜は蛇に睨まれた蛙のように息を詰めて動きを止めた。

「おまえも、無抵抗で触らせやがって」

「抵抗……は、それなりにしました」

まるで多喜に非があるような言葉に、黙っていられなくなった。

小声で、抵抗しなかったわけではないと言い返した多喜に、伊勢谷はますます眉間（みけん）の皺（しわ）を深くする。

「あれで？　あんなのが、抵抗の内に入るか。イヤイヤ言いながら、誘ってるようにしか見えねぇんだよ」

いつ、どの場所から見ていたのだろう。

……そんなふうに責められるのは、理不尽だとしか思えない。多喜は、田倉の言いつけに従って厄介だという男の前に突き出されて……どうにか役目を果たそうと、頭を悩ませながらあの場に身を置いていたのに。

「なんとか言えよ」

無言の多喜に眉を顰めた伊勢谷は、掴んでいた多喜の腕を唐突に解放した。その手で田倉が留めたシャツのボタンを一つ外し、喉元に指を突っ込んでくる。

そこにあるのは、人差し指一本なのに……素肌で感じる伊勢谷の体温に、ゾクッと肩を震わせた。

あの男に触れられるのは、本気で気持ち悪かった。でも、嫌悪感のまま逃げ出すのに躊躇い、必死で耐えていたのだ。

それが数少ない自分にできることなら、投げ出してはならないと言い聞かせて……。

「多喜？　それとも、あの男に弄り回されるのは満更でもなかったってか？」

「……っ」

喉元にあった指がスルリと首の後ろに回され、そっとうなじを辿られる。

肌がざわりと粟立ったのは、あの男に触れられた時のような……嫌悪とは別の感覚だ。

多喜が問いに答えることなく唇を引き結んでいるせいか、伊勢谷の纏う空気がますます険しくなった。

「自分の発言を忘れていないだろうな。おまえは、誰のモノだ？」

多喜の首を掴むようにして顔を寄せると、至近距離で目を覗き込んでくる。

夜の闇を吸い込んだような、真っ黒な瞳が多喜を見据えている。強い視線に囚われて、目を逸らすことができない。

誰の……？

そうだ。誰のモノか教えてやれと囁かれ、答えたのを憶えている。

「い、伊勢谷さん……の？」

小さな声だったけれど、間近に立つ伊勢谷の耳には届いたらしい。多喜を睨みつけていた瞳から、険しい色が消え……ふっと微笑を浮かべる。

「わかってんじゃねーか」

表情の変化に驚いて硬直していると、更に端整な顔が近づき……軽く、唇を触れ合わせられた。

「ってわけで、二度と俺以外の人間に触らせんなよ。……尚央も、多喜を使うな」

多喜の背後に目を向けた伊勢谷が、田倉の名前を口にしたことで、同じ部屋にいたのだと思い出した。

伊勢谷の存在感が圧倒的だったことに加えて、田倉も意図して自分の気配を消していたに違いない。

「それほど多喜がお気に入りですか。……どちらにしても、同じ手は使えませんし……多喜にちょっかいを出そうという命知らずは、もういないでしょう」

微妙に答えをずらした田倉の返事が不満だったらしく、伊勢谷は「尚央」と低い声で名前を呼ぶ。

それでも田倉は、「多喜を二度と使わない」と答えることなく話題を変えた。

「今夜はもう、仕事になりませんね。帰宅しますか」

「チッ……そうする。多喜、おまえもだ。就業時間の不足分は……家で別の仕事をさせてやる」

小さく舌打ちをした伊勢谷は、掴んでいた多喜のうなじから手を離す。

別の仕事を……と言いながら、自然な仕草で髪を撫でられた。犬たちに触れる時と、同じような手つきだ。

「久々にフロアに出たら、なんか腹が減ったな。帰ったら、夜食を作れ。ホットケーキか、蒸しパン」

ホットケーキや蒸しパンは、同居を始めてすぐの頃に、多喜が少ない材料で簡単にできるからと作ったものだ。

贅(ぜい)を尽くしたものに慣れていそうな伊勢谷には素朴な間食だと思うのだが、何故か気に入ったらしく、小腹が空けば頻繁にリクエストしてくる。

呆れた調子で、田倉が口にするのが聞こえてきた。

「……夜中の間食は危険ですよ。腹の出たあなたは、見たくありません」

「俺は、多喜に言ってんだよ。尚央には食わせてやらねぇ」

多喜の首に腕を巻きつけるようにして、身体を引き寄せられる。

伊勢谷に密着する体勢になり、薄いシャツ越しに体温を感じても……やはり、気持ち悪いとは思わなかった。

横暴さに関しては、あの男も伊勢谷も大差はない。それなのに、なにが違う？

「まったく、子供みたいに。……あなたが、それほど多喜を気に入られるとは思いませんでしたが」

「そうか？　シリウスとリゲルが仲間と認識して、警戒心なく受け入れる。飯は美味いし、掃除の手際もいい。なにより、見た目が好みだ。気に入るだろ」

「…………」

伊勢谷の言葉に小さく息をついた田倉が、チラリと横目で多喜を見遣る。

視線が絡み、……ふと目を逸らしてしまった。

伊勢谷が語った『気に入ったポイント』は、それほど特別なものだと思えない。

多喜よりも、田倉のほうが遥かに条件を満たしているはずで……すんなり納得できないのも当然だ。

「予想より使えるのは事実なので、まぁ……いいでしょう。多喜、あなたは伊勢谷が借金を纏めて肩代わりしていることを忘れないよう心に留めておいてください。この待遇で返済できることを、感謝するように」

「……はい」

総額がいくらなのか、日々の返済額がいくらなのかも、わからないままだが……現状が高待遇だということは、多喜にも理解できる。

小さくうなずくと、抱き寄せられたままだった伊勢谷の手にぐしゃぐしゃと髪を撫で回された。

心臓が奇妙にトクンと脈打ち、慌てて足元に視線を落とす。

なんだ、今の。自分がどんな顔をしているのか、わからない。

戸惑う多喜など知る由もなく、伊勢谷と田倉は普段と変わらない調子で言葉を交わしていた。

「あんまり虐めるなよ」

「……あなたは甘すぎます」

帰るぞ、と歩き出した伊勢谷に連れられて、廊下に出る。まだボーイの制服を着ているが、着替えを……と言い出せる雰囲気ではない。

いい機会なので、洗濯をして次回持ってくることにして、駐車場へと向かった。

心臓が……変なままだ。

伊勢谷の手に肩を抱かれて湧き上がる感覚は、初めの頃の怯えや不安ではなく……動悸の種類が、少し違う。

違うけれど、ではそれはなにかと考えても答えは出ない。

ただ、なんだか変だな……と唇を噛み、のろのろと足を進めた。

多喜が多く語らないのはいつものことなので、勘の鋭い田倉にも不審に思われていないらしいのが、せめてもの幸いだ。

《五》

「あ……シリウス、リゲル」

　玄関扉を開けた瞬間、二頭の犬たちが競うようにして廊下を走っていく。呼び止めようと名前を呼んだ多喜の声は、耳に入っているはずなのに完全に無視だ。

　散歩中にもリードを握る多喜を引っ張って走っていたのだが、あれでは運動が足りなかったのだろうか……と頭を過(よぎ)ったけれど、すぐに彼らがそわそわしている理由がわかった。

　二頭が駆け込んでいったリビングから、この邸宅の主の声が聞こえてくる。

「待て待て。こら、リゲル……足の裏が冷てぇ」

　リビングに伊勢谷がいる気配を、玄関の扉を開けた瞬間から察していたに違いない。

　声も物音も聞こえなかったが、特に伊勢谷に関する犬たちの勘は、多喜が驚くほど鋭いのだ。

　二頭の犬から数十秒遅れてリビングに入ると、

「……足を洗ったばかりですから」

　ソファへ腰かけている伊勢谷に、リゲルが嬉しそうにジャレている。前肢を肩のあたりにかけて、容赦なく圧し掛かり……見るからに重そうだ。

　年上のシリウスはきちんと伊勢谷の前でお座りをしているけれど、尻尾が激しく左右に振られていた。

　これほど喜びを露わにしているのは、いつもなら夕方の散歩から帰った時には仕事に出ている伊勢谷が、今夜は珍しくリビングにいるせいだろう。

「伊勢谷さん、この時間に家にいるのは珍しいですね」

　犬たちの相手をしていた伊勢谷が、声をかけた多喜を見上げる。リゲルの頭を、両手で撫で回して答えた。

「今は、さほど忙しくない時期だからな。あと、多喜に報告がある。……が、まずは犬たちに飯を食わせてやってくれ。その後は、俺の飯」

「……わかりました」

　膝に乗り上がっていたリゲルを床に下ろし、シリウスに「おまえはいい子だな」と話しかけながら耳の後ろを指先で掻いて、褒めている。

　喜びを露わにして飛びついたリゲルをおざなりにあしらい、きちんと『待て』をしていたシリウスをしっかり褒めるというあたりは、群れのリーダーとして正しい行動だ。

　……と、ここで二頭の犬たちのシッターを手掛けることになってから読んだ『愛犬の飼い方と躾け方』という本に、書いてあった。

伊勢谷は、マニュアルに頼って知識を取り込むタイプには見えないので、きっと本能でリーダーらしく振る舞っている。

そう思った瞬間、強面の伊勢谷に犬たちとお揃いの……アラスカンマラミュート色をした大きな耳と尻尾が見えた気がして、うっかり頬が緩みそうになる。

直前の会話が、「犬たちに夕食。その後に自分にも」というものだったことも、原因かもしれないが……。

「多喜？　なんかいいコトあったか？」

ポーカーフェイスを保ちきれていなかったらしく、ソファに座っている伊勢谷が多喜を見上げて怪訝そうに口を開く。

「い、いえ……特には。食事、すぐに用意します。あ、田倉さんはどちらに……？」

伊勢谷がここにいるのなら、田倉も共に戻っているのでは……と思い、どこにいるのか尋ねる。

書斎も兼ねた自室で、仕事をしているのだろうか。

伊勢谷が自宅で夕食を取るのなら、田倉の分も用意したほうがいいかもしれない。

「尚央は、六本木のクラブに出向いている。新人教育だ。何故か、新人の躾に関してはあいつが最適なんだよな」

伊勢谷は首を捻りながら口にしたが、どうしてあれだけ一緒に行動をしていながら『何故か』わからないのだろうと不思議だ。

　多喜は、伊勢谷の傍に置かれることが決まった際に田倉の『教育』を受けたから、身を以て知っている。

　決して、暴力的なわけでもないし、必要以上に威圧的なわけでもない。ただ冷淡な目で見据えられて、真綿で首を絞めるという表現がぴったりの言動で教育をされれば……余程の猛者か反抗期でもない限り、逆らおうと思わないはずだ。

　伊勢谷自身も、多喜からは田倉の尻に敷かれ……いや、巧みにコントロールされているように見えるのだが。

「田倉さんの新人教育は、お手本みたいなものだと思います。秘書としても……ものすごく優秀ですよね」

　多喜が二頭の犬の世話や幾許かの家事を引き受けるまでは、それらも田倉がこなしていたというのだから、超人的だ。

　業務のみに関する秘書というより、万能型の執事だと感じた初めの印象は今も変わらない。

「まぁ、優秀だな。尚央は、学生の頃からあんな感じだぞ。自分がトップに立つより、参謀として裏で操るほうが面白いんだと」

「……なんとなく、田倉さんが言いそうなセリフですね」

　三十二歳だと聞いた伊勢谷が学生の頃から、ということは……十数年に亘るつき合いがあるに違いない。

伊勢谷が田倉を傍に置いているというよりも、参謀向きだと自認しているらしい田倉のほうが、伊勢谷を主に選んだ……か。

二人のあいだにある信頼関係は、傍から見ているだけで察せられる。

なにかの気まぐれで多喜を引っ張り込んだことを田倉が不快に思い、多喜に対して不審なものを感じるのも当然だろう。

どうせなにもできないだろうと眉を顰められていたけれど、最近になってようやく『思っていたよりは使える』という認識に変わったようだ。でも……まだ、完全には信用してもらえていない気がする。

「お、どうしたリゲル。多喜に言いたいことがあるのか？」

伊勢谷の声に顔を上げると、リゲルが多喜の傍に寄ってきて、鼻先で膝のあたりをツンツンと突いてくる。

これは……食事の催促か？

「あ……ごめん。すぐにご飯の用意するから」

多喜が口にした「ご飯」という単語を的確に認識しているらしく、リゲルの尻尾がバサバサと左右に振られる。

これまで犬と接したことのなかった多喜は、当初は四十キロばかり体重があるという二頭の犬を扱いあぐねていた。けれど今では、素直で一途で賢くて……怖そうな見た目とは裏腹に可愛いと感じる。

「多喜、俺の飯も。親子丼」

「……はい。三つ葉抜きで？」

「当然だろう」

伊勢谷は香草の類いが苦手らしく、少し前に流行ったパクチーやらのエスニック食材や洋食に使われるバジル等だけでなく、三つ葉や青紫蘇（あおじそ）といったものも皿に載っていると「抜け」と不機嫌になる。

田倉から聞いてはいたが、細切れにしたパセリまで無言で皿の隅に寄せられていた時は、うっかり笑いそうになるのを必死で我慢した。

仕事相手との会食の際は、なんとか無理やり呑み込んでいると聞いたが……その後数日は食事の選り好み（えりごの）が更に激しくなるので、ほぼ外食ができない。多喜がやって来るまで弁当まで作っていたという田倉は、やはり超人だ。

「親子丼か。リゲルとシリウスにも、ご飯に鶏肉をトッピングしてあげるね」

鶏肉を調理に使うついでに、二頭の犬たちにもお裾分けだ。

シリウスとリゲルは、多喜の言葉に嬉しそうに尻尾を振りながらついて来る。リビングを出る際、チラリとソファを振り向くと……背もたれに腕をかけた伊勢谷が、目を細めてこちらを見ていて慌てて顔を戻した。

普段は凶悪な空気を漂わせているくせに、あんなに優しい顔で犬たちを見るのか。大事にしているとは思っていたけれど……。

「うーん……なんか、不意打ちって感じだ」

廊下を歩きながら、足元につぶやきを零す。

カジノでは、支配者のオーラを全身に纏う帝王のようだった。その印象のまま、高飛車で傲慢なだけかと思えば、そうでもなく……子供みたいな好き嫌いや二頭の犬を大事にするところなどは、自分と同じ『人間』なのだなと感じる。

「同じ？　では、ないかも……だけど」

容姿はもちろん、カリスマ性や頭の回転率も違うはずだ。どう言えばいいか、『格』が多喜とは異なる。

いい人……とは言えないけれど、暴君だとも言いきれない。

矛盾する印象が同居していて、伊勢谷という男のことは未だによくわからない。

「……おれなんかを構って、なにが楽しいんだろ」

なにより……こんな、平凡でなんの面白みも大した特技もない多喜を手元に置くメリットなどないはずで、やはり謎だ。

「ちょっと待って。ボイルして、冷ますから……」

多喜が冷蔵庫から取り出した鶏肉を目にした瞬間、テンションを上げた二頭に苦笑して、生のままでは食べられないと言い聞かせる。

鶏肉を茹でているあいだに、ドライフードを二頭の食事用の器に入れて準備をしておく。視界の端にそわそわする犬たちの姿が入り、伊勢谷に気に入られているとしたらコレかなぁ……と唇を緩ませた。

シリウスとリゲルが拒否しなかった、という理由は……伊勢谷にとっては、ものすごく重要なのかもしれない。

その二頭の犬たちが、自分のどこを気に入ったのかは……確かめる術もなく、不思議だけれど。


独りきりの夕食は味気ないという伊勢谷に従い、同じテーブルで夕食を取ってしまった。田倉に見られれば、分を弁(わきま)えなさいと叱(しか)られそうだ。

伊勢谷は、雑談をするでもなく黙々と……米粒一つ残さずに、リクエストした親子丼と味噌汁を食べ終えて、「ごっそさん」とダイニングテーブルを離れた。

少し遅れて夕食を終えた多喜は、使用した二組の食器を片づけてキッチンを出ると、電気が漏れているリビングに向かう。

「お茶、置きますね」

ソファに座っている伊勢谷の前に、お茶を注いだ湯呑みを置く。その足元には、二頭の犬が丸くなって眠っていた。

満腹になり、大好きな伊勢谷が傍にいて……と満足しきっているのだろうが、番犬としては役に立ちそうにない。

自然と唇を綻ばせて、身体の向きを変えようとしたけれど……。

「多喜。ちょっと座れ」

「……はい」

広げていた新聞を畳んでテーブルの端に置いた伊勢谷が、多喜を手招きした。

座れと言われても、伊勢谷の隣に腰かけることなどできず……少し迷い、犬たちが眠っているラグの隅に両膝をつく。

それを目にした伊勢谷は、なにか言いかけて小さく息をついた。

「報告だ。この前の、某官僚のバカ息子」

「あ……はい」

某官僚の、バカ息子。

それだけで、金色の髪に派手な花柄のシャツの男が頭に浮かぶ。

田倉が撤いた、多喜という『餌』にまんまと食いつき、伊勢谷に凄まれて尾を巻いて逃げた……あの男か。

薄暗いカジノで、伊勢谷の腕の中に囚われて触れられた……あの時の感覚がよみがえりそうになり、奥歯を噛んで続く言葉を待つ。

「とりあえず、カジノと俺が持っている系列の店の出禁を言い渡した。もし逆恨みしてバカなことをされそうになったら、すぐに知らせろ」

「わかりました。その……あちらに角は立ちませんでしたか？」

あちら、と。

言葉を濁して、男がギラつかせていたという七光りの出どころ……大物らしい父親は大丈夫だったのかと、尋ねる。

伊勢谷は、表情を変えることなくうなずいた。

「問題ない。ここしばらく、うちのカジノが大のお気に入りだ。バカ息子のために、自ら遊び場所をなくすような真似はしないだろ」

立場的には、伊勢谷が上……とあの男に投げつけた言葉は、その場しのぎの脅し文句ではなく、事実に裏付けされたものらしい。

少なからず係わった身としては、ホッとしてうなずいた。

そうして安堵したことが、表情に出ていたらしい。多喜を見下ろす伊勢谷の眉間に、グッと縦皺が刻まれる。

「なんで安心するんだ。おまえは、尚央にハメられて巻き込まれただけだろ。問題が生じたとしても、責任はない」

「あの場では、それがおれの役目でしたし……責任はないなんて、言えません」

言葉でハッキリと命じられたわけではない。

でも、田倉に与えられた多喜の役目は確かに『バカ息子の挑発』だったのだから、自分のせいで問題になれば心苦しくはある。

「じゃあ、その責任の分を詫び料として借金返済額に上乗せすると言えば、仕方ないって受け入れるのか？」

「伊勢谷さんが、そう言うなら……」

本気だとは思えない口調だったけれど、主導権を握っているのは伊勢谷だ。多喜は、言われるまま従う以外にない。

ぽつぽつ小声で言い返すと、伊勢谷は端整な顔に苦いものを滲ませて多喜を見据えた。

「バカ正直……っつーか、お人好しだな。そんなだから、理不尽な借金を背負わされた挙げ句、無意味に返済額を吊り上げられるんだ」

「よく言われます」

バカ正直だとか、お人好しだとか……父親が言われていたものも含めると、物心つく頃から耳にタコができるくらい聞かされた言葉だ。

ははは、と笑った多喜に伊勢谷はますます眉を顰めた。

「カードゲームに飛び入り参加した時は、もっと気骨があるかと思っていたんだが」

「あれは……自分でも驚きました。なんて言えばいいか、キレる？　というやつでしょうか。気がつけば、行動に出ていて……」

なにもかも仕方ないと諦めて、流れに巻き込まれ続けてきた多喜にとって、初めての経験だった。

再び同じ場面に立たされても、あんなふうに感情の赴くまま行動に移すことができるかどうかは、わからない。

「チッ、従順なだけのロボットみたいなやつはつまんねぇんだよ。おまえの、あの……俺から視線を逸らさない、強い目が気に入ったんだ」

忌々しげに舌打ちをした伊勢谷は、反抗するでもなく「どうでもいい」と受け流そうとする多喜に、もどかしそうな調子で文句を口にする。

あの時、伊勢谷から目を逸らせなかったのは、この男の圧倒的なオーラに気圧されていたせいだ。

それに、窮鼠猫を噛むという諺そのままの心情だった。どうせ後ろに逃げられないのなら、突進してやれと……ヤケクソともいう。

「だいたいおまえ、聞こうともしないが……俺が取り纏めたって借金の返済額がいくらなのか、気にならないのか？　日々の返済額がどれくらいなのかは？」

「気にならないわけではありませんが……」

田倉に言われたのは、『こちらで、すべて取り纏めておきました。特別に、利息はなしにしましょう。多喜は、肉体労働で返済するように』と……それだけだ。

聞いたところで、すぐさま耳を揃えて返済できる額ではないと予想がつくので、敢えて総額がいくらなのか尋ねたことはない。

家事や犬たちの世話、カジノでのボーイ……そんなもので返済できている額など、微々たるものだろう。

返済が完了するよりも、伊勢谷が大して役に立たない多喜に飽きて放り出されるほうが先なのではと思っている。

「……聞けば、答えてくれますか」

答えに期待することなくポツポツと言い返した多喜の言葉に、伊勢谷はあまり機嫌がよさそうではない表情のまま口を開く。

「教えてくださいっつったら、答えてやったのに……可愛気がねーなぁ。日々の返済額だけ、教えてやろうか。そうだな……家事労働とペットシッターの対価、カジノでのボーイに払う給料の額を考えれば」

指を折ってなにやら計算していた伊勢谷は、「こんなものか」と多喜に向かって指を三本立てて見せる。

「三千円……ですか」

もう少しあるかと思ったのだが、住み込みとして衣食住の面倒を見てもらっていることを考えれば妥当だろうか。

でも、せめて時給換算で千円くらいは欲しかったかも……と心の中でがっくりする多喜に、伊勢谷は怪訝そうな顔で言い返してくる。

「バカ。ゼロの数がイッコ違う。ペットシッターだけで一万は払うぞ。こいつらは、気難しいからな」

「え……と、日給三万円……？　ちょっ……と待ってください。そこまで働いていません」

今度は、別の意味で焦る。

予想もしていなかった日給の額だった。

まさか、家事労働と犬たちの世話、週に四、五日のカジノでのボーイが、それほど高給だとは……。

「さすがに、それは……もっと少なくていいです」

首を横に振って、ぼったくりではないかと訴える。

伊勢谷は拍子抜けしたように眉間の皺を解き、呆れた口調で返してくる。

「変なやつだなぁ。普通は、喜ぶだろ。完済までに数十年かかってもいいのか？」

「いえ、……あまりよくないですが」

一発逆転とばかりに、返済のための大金を入手する方法が、ないわけではない。父親も、窮地に陥った際は使っていた手段だ。

負のエネルギーが限界まで溜まると、逆転現象ともいうべき幸運が訪れるのだ。宝くじで高額を当てたり、競馬や競輪といったレースで高額配当を得たり……。

日頃の不運を相殺しているのだと思うが、予想より幸運を得てしまうと、その後に幸運を取り戻そうとするかのような不運の連続が降りかかってくる。

プラスとマイナス、どちらに傾くか未知数だということを考えれば『最後の手段』としてギリギリまで温存しておきたいだけで……。

「返済額を増やす、オプションをつけてやろうか」

「え……」

伊勢谷の言葉に、パッと顔を上げて視線を絡ませる。多喜が瞬時に反応したせいか、伊勢谷は端整な顔に微笑を浮かべて続きを口にした。

「ちょうど、おあつらえ向きの格好をしているからな。裸エプロンで冷めた茶を淹れ直す……か、ストリップでもいいぞ。デキによっては、五万くらい返済額から引いてやる」

エプロンを着用したままの、多喜の胸元を指差しながらそう語る伊勢谷に……キョトンとした顔をしているかもしれない。

言葉の意味を瞬時に把握できなくて、伊勢谷の指差した自分の胸元を見下ろす。

裸エプロン……ストリップ？

「はぁ……えええぇっ？」

意味を解した瞬間、いつにない大声を上げてしまった。驚いたのか、伊勢谷の足元で丸くなっていた犬たちがパッと顔を上げる。

どちらかといえば、硬質な雰囲気の伊勢谷の台詞とは思えない。耳が別の言葉を変に聞き誤ってしまったのでは……と目を白黒させる。

「気にせず寝てろ。そんな顔……と声が出るんだな。ククク……」

シリウスとリゲルの頭に手を置いた伊勢谷は、多喜をチラリと目にしてうつむいて肩を震わせる。

自分がどんな顔をしているのかわからないが、伊勢谷は声を殺して笑っている。

……もしかして、悪趣味な冗談でからかわれたのだろうか。それはそうだ。伊勢谷が好きこのんで、多喜の裸エプロンやストリップなど見たいわけがない。

「大声を出して、すみません。本気っぽく冗談を言われて……驚いたんです」

犬たちは、伊勢谷に宥められて再び顔を伏せている。大きな耳をぴくぴくさせていることからして、こちらの様子を窺っているとは思うが。

伊勢谷の冗談を本気にしてしまった自分が恥ずかしくて、顔が熱い。

「冗談？　なにが？」

「え……と、は……だかエプロンとか、ストリ……プ」

しどろもどろに答える多喜に、伊勢谷は無言で笑みを深くする。

それはやはりからかっているとしか思えない楽しそうな顔で、もう真に受けるものかと顔を背けた。

視界の隅に、伊勢谷が腰かけていたソファから立ち上がる様子が入る。

左足のところで丸くなっているリゲルを跨ぎ、多喜の脇で立ち止まった。

「伊勢谷さん？　ぁ……」

腕を掴んで引っ張り上げられ、両膝をつけていたラグから立ち上がらされる。強い光を放つ瞳に間近で見据えられると、動くことができない。

「どうする？　魅力的だと思わないか？　五万円引き」

「……おれの、そんなの……本当に見たいですか？」

「ああ。もともと、好みだって言っただろ。プロじゃなく、慣れない風情のカワイ子ちゃんが……っていうのは、魅力的だな」

悪趣味な。

もし田倉がいれば、そうため息をついて伊勢谷を制止してくれただろう。でも、今ここには多喜と伊勢谷、二頭の犬たちしかいない。

伊勢谷は、どこまで本気でどこから冗談なのか、多喜には計り知ることのできない微笑を浮かべてこちらを見下ろしている。

多喜に、どの程度の根性があるか。逃げずに向き合うことができるのか……試されている気分だ。

「ガッカリしますよ」

「そいつは、実際に見てみないことにはなんともだな」

「……わかりました」

多喜が答えると、ほんのわずかに目を瞠って意外そうな顔になる。多喜は、「無理です」と泣きべそを掻くと思っていたのかもしれない。

やはり、こちらの出方を窺っていたのかと……意地に火がついた。

ここで、やっぱり嫌ですと逃げ出すのは、どうせ無理だろうという伊勢谷の思惑にまんまと乗せられたようで悔しい。

「じゃあ、どうぞ？」

その場で腕組みをした伊勢谷に促されて、一歩、二歩……後ろに足を引く。

どうすればいい？　ストリップという言葉は知っていても、具体的にどんなものなのかはわからない。

とりあえず、脱ぐ……か？

背中側で結んであるエプロンの紐を解こうと、背に手を回したところで伊勢谷からダメ出しが飛んでくる。

「おいおい、そいつは最後だ。着替えじゃねぇんだから」

「……は……い」

エプロンは最後。それなら、一番は……シャツか。いや、靴下だろうか。

もたもたと靴下を脱ぎ捨てると、シャツのボタンを上から一つずつ外す。

指が強張っていて力が入らず、思うように動かない。それに……身に着けたままのエプロンが邪魔だ。

なんとかシャツのボタンを外し終えると、ゴソゴソと袖を抜いてチラリと伊勢谷に視線を向けた。

こんなものを、どんな顔で見ている……？

そんな不安は、伊勢谷と視線が絡んだ瞬間吹き飛んだ。真っ直ぐに、食い入るような瞳でこちらを見据えている。

剥き出しになった腕に、ざわりと鳥肌が立つのを感じた。

「どうした。まだ半分ってところだぞ」

「あ……」

動きを止めている多喜の下肢を指差して、脱ぐものが残っているだろうと揶揄する。

コットンパンツのウエスト部分を留めてあるボタンに手を伸ばしたけれど、やけに固くて外せない。

……違う。ボタンに問題があるのではなく、多喜の指が小刻みに震えていて力が入らないせいだ。

こんなふうにもたもたしていたら、興醒めだと呆れられる……と焦燥感に駆られた多喜は、唇を噛んで指に力を込めた。

ようやく、ボタンホールから外れた……。そう安堵したと同時に、頭上から低い声が落ちてくる。

「もういい」

「えっ」

ボトムスのボタンに集中していた多喜は、慌てて顔を上げて伊勢谷を目に映した。視界を大きな手のひらが塞ぎ、ビクリと肩を震わせる。

身を竦ませて、伊勢谷の次の行動を待っていると……頭の上に、ポンと手を置かれた？

「からかいがすぎた。……泣きそうな顔での不格好なストリップも、そそられるものがあったけどな」

薄い笑みを浮かべて多喜の髪に触れている伊勢谷は、飽きているふうでも興醒めだとうんざりしている雰囲気でもない。

　犬たちに触れる時と同じような手つきで、戸惑う多喜の髪を無造作にぐしゃぐしゃに掻き回している。

「予想はついていたが、意外と意地っ張りっつーか……強情だな。まぁ、簡単に折れそうにないところも好みだが」

　今の多喜は、中途半端に服を脱ぎ捨てた、『不格好な』状態だと思うのだけれど……伊勢谷は妙に楽しそうだ。

　逃げることも伊勢谷の手を振り払うこともできずにいると、不意にリビングの戸口から聞き覚えのある声が聞こえてきた。

「なにをしているんですか、と……水を差してもよろしいでしょうか」

「ん？　お帰り、尚央。邪魔すんじゃねぇ」

　戸口に顔を向けた伊勢谷は、緊張感の皆無な口調で田倉の言葉に答える。

　変なところを見られてしまった、と多喜は硬直しているのに……二人は、普段と変わらない調子で話し始めた。

「野暮な場面に踏み込んだのではなさそうで、一安心です。真面目な多喜をからかって遊ぶのは、悪趣味ですよ」

「邪魔された、って言ってんじゃねーか。それに俺は、多喜をからかってたんじゃない。目の保養を兼ねた、悪くない趣味だ」

「……屁理屈ですね。報告をしたいのですが……よろしいでしょうか」

田倉の声が近づいてきて、床に落ちている多喜のシャツを拾う。無言で差し出された多喜は、ぎこちなく手を伸ばしてシャツを受け取った。

報告……仕事だ。つまり、多喜は邪魔だ……と。

「あの、おれ……失礼します。え……と、すぐに入浴できるよう、お湯を張って準備をしておきますので」

この場を離れる理由を、しどろもどろに口にした多喜は、シャツを握り締めて二人に頭を下げると回れ右をした。躓（つまず）かないよう慎重に、できる限り早足でリビングを出て廊下の壁に背中を預ける。

田倉の顔を見ることはできなかったので、どんな表情をしていたのかわからない。声は、普段と変わらず淡々としたものだったが……。

今頃になって、心臓がバクバクと激しく脈打ち始めた。

「は……、ぁ、靴下……忘れた」

落ち着こうと深呼吸をしたところで、視線を落とした爪先が素足だと気がついた。けれど、忘れ物を……と、引き取りに戻れる空気ではない。

「なんなんだ、あの人……」

どこまで本気で、どこから多喜をからかっていたのか……結局、よくわからないままだ。

田倉は、予想していた通りに「悪趣味」だと言い放ったが、伊勢谷の答えは「悪くない趣味」で……言葉遊びを楽しんでいただけなのではないかとも思う。

よくわからないのに、こんな格好までして……激しい動悸に立ち竦む自分が、なんだか憐れだ。

「ただ単に、からかわれてた……で、いいだろ」

軽く頭を振ってぽつりと独り言を零すと、もたれ掛かっていた廊下の壁から背中を離した。

からかわれていたと思いたくない？　では、なんだ？

……伊勢谷が本気なら、よかったのだろうか。

多喜のストリップを見たいなどと、本気で望んでいた……わけがないし、万が一そうだとしても笑って脱いでやるほど開き直ることはできない。

「おれの、そんなの……見たいわけがないだろうし」

時々、多喜の容姿が好みだなどと軽口を叩くけれど、自分がどの程度かは弁えているつもりだ。

影が薄くて、地味で、平凡なだけの……どこにでもいそうな大学生だ。田倉のように美形でもなければ、理知的な空気を纏っているわけでもない。

「あの日給が本当なら、むしろ恵まれていると思わないと……な」

書類を提示されたわけではないので、事実か否か確かめられていないけれど、多喜の労働が伊勢谷の言っていた金額に換算されているのならありがたい限りだ。

ふっと息をついて、浴室に向かう。パウダールームの鏡に映る自分を目にしたところで、中途半端な着衣の状態だと気づき、エプロンを外した。

シャツに袖を通して、グシャグシャに乱れている髪を整え……伊勢谷に撫で回されたせいだと思い出す。

「ホントに、なに考えてんだろ……」

初対面の時に田倉が言っていたが、新しいオモチャで遊んでいるつもり、だろうか。

真意を読むことができず、一挙手一投足を意識して振り回される自分が、馬鹿みたいだ。

《六》

ブランチを終えた伊勢谷は、リビングのソファに座って新聞を広げている。シリウスとリゲルは、一日の中で伊勢谷とゆっくりできる至福の時間……とばかりにピッタリと足元に蹲（うずくま）っていた。

「コーヒー、置いておきます」

多喜が近づくと同じタイミングで顔を上げ、テーブルにコーヒーカップを置く様子を見ている。

二頭には一応、『多喜も群れの一員』と認識してもらえているようだが、それでも健気に伊勢谷を護ろうという姿勢を見せるあたり、頼もしいような切ないような……複雑な気分だ。

コーヒーカップを置いてそそくさと回れ右をしかけたところで、新聞から顔を上げた伊勢谷に短く「待て」と呼び止められた。

「はい」

と、答えて足を止めたものの……なんとなく気まずい。

理由は……昨夜の、『ストリップ未遂』事件を多喜が過剰に意識しているせいだろう。反して伊勢谷は、これまでと変わらない飄々（ひょうひょう）とした様子だ。

「出かけるぞ」

「……って、おれも……ですか？」

「ああ。……悪いな、おまえたちは留守番だ」

耳をピンと立てて伊勢谷の言葉を聞いていた二頭は、「留守番」という単語の意味を解しているのか、しょんぼりと耳を伏せて項垂（うなだ）れる。

その二頭の頭を交互に撫でた伊勢谷は、困惑する多喜を見上げて言葉を続けた。

「五分後にガレージで待ってるからな」

多喜の返事は、「はい」以外にないとわかっているからか、それだけ口にすると腰かけていたソファから立ち上がった。

二頭の犬が当然のように伊勢谷の後に続き、多喜は湯気を立てるコーヒーカップとリビングに取り残されてしまう。

「えーと……蓋（ふた）をしておいて、後でおれがいただこう」

この状況で、コーヒーカップを見下ろしてそんな言葉をつぶやく自分は、とことん貧乏性が身に染みついている。

そんなふうに、どうでもいいことでも口に出さなければ、「なんで？」とか「どこに？」と、次々と湧く疑問で頭がいっぱいになって……溢れ出しそうだったのだ。

「っ、五分後……って言ってたよな」

ぼんやりとしている場合ではない。五分は、あっという間だ。

トレイをギュッと握った多喜は、コーヒーカップを回収してひとまずキッチンに向かい、慌ただしく外出の準備をした。


田倉は別件で出かけているらしく、珍しく伊勢谷が運転席に座っている。車も、多喜が毎日お世話になるセダンタイプの高級車ではなく、スポーツタイプのＳＵＶだ。

慣れたふうにステアリングを操る様子からして、きっとこちらが普段から伊勢谷自身が乗り回している車なのだろう。

田倉が不在で、車に伊勢谷と二人きりという状況が落ち着かない。伊勢谷は話しかけてくることがないし、多喜もなにも言えなくて……静まり返っている車内が、ますます落ち着かない気分に拍車をかける。

三十分あまり走った車は、都心の商業施設に設けられている地下駐車場で停まった。ここ最近、開発が盛んで……大学でも、よく話題になっているエリアの、真新しいビルだ。ただ、多喜は遊びに行こうと思ったこともなく、名前だけは知っている場所だったが。

「降りろ。行くぞ」

運転席を出た伊勢谷は、短く口にして多喜を促す。

多喜はあからさまに戸惑いの表情を浮かべているはずだが、伊勢谷はどこでなにをするのが目的なのか説明する気はないらしい。

小さくうなずいた多喜は、ゆっくりと車を降りて伊勢谷の半歩後ろをついて歩いた。

伊勢谷は見慣れたスーツではなく、シャツに、スラックス……ジャケットと、休日仕様の少しカジュアルな服装だ。仕事の用があるわけではなさそうなので、田倉ではなく多喜を伴っているのだろう。

多喜がついて来ていることを確信しているのか、スタスタと迷いのない足取りで駐車場を出た伊勢谷は、商業施設の外にある小ぢんまりとした路面店で足を止めた。

なんの店か……そっと視線を巡らせる。

ガラスケースには革製品やアクセサリーらしきものが並べられているけれど、建物にブランド名が掲げられているわけではなかったので、セレクトショップのようなものだろうか。

伊勢谷と多喜が店内に足を踏み入れると、三十代後半だろう男性が奥から出てきた。

「いらっしゃいませ、伊勢谷様。ご用意できております」

「ああ……」

伊勢谷が来ることがわかっていたらしく、手に持った布張りのトレイには、革の……首輪らしき物が二つ並んでいた。

それを手に取った伊勢谷に、男性が説明をする。

「柔らかい革で、可能な限り軽い物を……とのことでしたので、ゴート革を使用しております。ラムのほうが柔軟性はありますが、耐久性等を考慮するとこちらに……」

「悪くない。では、こちらで」

「はい。いつもありがとうございます」

多喜の頭に、シリウスとリゲルの姿が浮かぶ。二人の会話からして、今回が初めての取引ではないのだろう。

多分、ハンドメイドのオーダー品だ。伊勢谷が二頭の犬を可愛がっていることは感じていたが、本当に大事にしているのだな……と再確認する。

伊勢谷がカードで支払いをするあいだ、店内をチラチラと覗いていた多喜だが、小さな革製品に添えられている値札の数字にギョッとした。

……多喜が借りていたアパートの、一ヵ月の家賃より高いキーケースなど、まるで未知の物体だ。

「多喜、行くぞ」

「は、はいっ」

キーケースとその値札を唖然として見ていた多喜は、背中にかけられた伊勢谷の声に硬直を解く。

黒い紙袋を手にした伊勢谷の後について店を出ると、数歩歩いた伊勢谷がこちらに身体を向けて立ち止まった。

「行きたいところはあるか？　これまではどうしていた？　最近の学生は、どんな所で遊んでるんだ？」

「え……いいえ、お世話になる前は……学校とバイト先と、家以外のところに行くことはありませんでしたし……行きたいところ……？」

なにも思い浮かばなくて、首を傾げて言葉尻を濁した。

質問してきたのが伊勢谷でなくても、同じように戸惑ったはずだ。冗談ではなく、休学する前は学校とアルバイト先と家のあいだを行ったり来たりという毎日で……数少ない友人とも、学校の外で逢うことはなかった。

無言で多喜を見ていた伊勢谷は、ふっと息をついて腕を掴んでくる。

質問にきちんと答えられなかったことで、機嫌を損ねてしまったかと思ったけれど、コッソリ見上げた横顔には微笑が滲んでいた。

「若者の遊び場は知らんが、適当にうろつくか」

「…………」

それは独り言の響きで、多喜は「はい」も「いいえ」も言えない。ただ、伊勢谷の真意が読めずに戸惑うばかりだ。

「まずは……面白い展覧会をしていたな」

なにかを思いついたような顔をした伊勢谷は、周囲からチラチラと投げかけられる視線をまったく気にする様子もなく多喜の腕を掴んだまま歩き続ける。

無邪気に子供の頃、近所の幼馴染みから遊びに誘われた時のことを思い出すのは、どうしてだろう……。

子供じみた要因は一つもなく、無邪気という形容とも無縁なのに……と唇を引き結んで、伊勢谷に手を引かれるまま大勢の人が行き交う歩道を進んだ。

伊勢谷が思いついたらしい『展覧会』は、多喜は存在さえ知らなかった面白いものだった。

研磨すれば宝石と呼ばれる高価な装飾品となるものから、放射性物質を含むという鉱石まで……自然界に存在する、様々な石が展示されていたのだが、伊勢谷と二人きりだという状況に緊張することもなく興味深い展示品を見て回った。

小ぢんまりとした展覧会だったにもかかわらず、一つずつゆっくりと眺めて掲示されている説明文を読み……のんびりと回ったせいで、出口をくぐる頃には二時間も経っていて驚いた。

「晩飯には早いし……尚央に黙って出てきたから、夕方には帰らないとマズいか」

腕時計に目を落とした伊勢谷が、ポツリと口にする。

確かに、犬たちの世話を託すことができる人がいないのだから、夕方には帰ってあげなければならない。外出する際、なんとも言い難い目で……それでも大人しく並んで見送ってくれた二頭を思い浮かべれば、伊勢谷の気持ちがよくわかる。

「この時間なら、あそこか。行くぞ」

またしても一人でなにやら決めたらしい伊勢谷が、多喜を振り返る。

車の助手席に乗っていた時の緊張や、商業施設の駐車場で停められた車の脇で同じように「行くぞ」と言われた時の困惑は薄れ、身構えることなくうなずく自分が少し不思議だった。

多喜の変化に気づいているのか否か、伊勢谷は相変わらずマイペースで歩いていく。

目的地が定まっているせいか、歩道沿いの店をウインドウ越しに覗きながら歩く人たちとは異なり、背を伸ばして真っ直ぐ進む姿は人目を引くようだ。

特に、若い女性が……すれ違いざまに、チラチラと視線を送っている。先入観なく、昼間に街の中を歩いている伊勢谷を目にすれば、芸能人を見るかのような眼差しで見詰める女性の気持ちもわからなくはない。

昨夜、多喜を相手に「ストリップして見せろ」だとか、悪趣味なからかい方をした人間だとは思えない。

同性の目から見ても、格好いい大人の男……だ。田倉ならともかく、多喜のような子供が隣を歩くなど不釣り合いとしか言いようがない。

自然と足の運びが遅くなり、

「……多喜？　迷子になるなよ」

少し距離ができたことに気づいたらしい伊勢谷が、振り返って手招きする。ハッとした多喜は、うなずいて小走りで伊勢谷に追いついた。

「おまえにも首輪と散歩紐が必要か？」

「や、やめてください」

ニヤリと少し意地の悪い笑みを浮かべてそう言った伊勢谷に、控え目に言い返す。きっと、冗談だろうと思うが……やりかねない空気を漂わせていて、恐ろしい。

多喜が反応したせいか、ますます楽しそうな顔をしているあたり、虐めっ子な小学生のようだ。

ついさっき思い浮かべた、『格好いい大人の男』という言葉を取り消したい。

「ここだ」

展覧会を催していたビルからは、ゆっくり歩いて五分ほどだろうか。伊勢谷は慣れた様子で、ひょろりと背の高い高層ビルのエントランスに入る。

エレベータに乗り、ズラリと並ぶボタンから迷わず『30』を選んで押すと、無言の多喜を見下ろしてきた。

「怪しげなビルに連れ込まれた……って思ってるだろ」

「いえ……そこまでは」

どこに行く気だろうとは考えているが、伊勢谷が口にしたように「怪しげ」だと思わないことは、自分でも不思議だった。

怪しげだというなら、勤務先でもある『カジノ』のほうが百倍は怪しい。あそこに比べれば、このビルは遥かに健全だ。

「っと、着いたか」

多喜が答えるより早く、揺れを感じさせることなく上昇していたエレベータが静かに停まる。

扉が開き、背中に手を当てられて伊勢谷と共にエレベータを降りた。

つい従ってしまったあまりにも自然な仕草が、女性をエスコートし慣れているのだろうな……と感じさせる。

エレベータから人が降りてきたことを察したのか、ガラス扉の内側から若い男性が顔を覗かせた。

そこに立つ伊勢谷の姿に、目を瞠って歩み寄ってくる。

「オーナー……いらっしゃるとは」

「準備中に悪い。茶を一杯だけ飲ませてくれ」

オーナーという言葉からして、伊勢谷の所有する店？　らしい。

カジノでの制服と似た、シンプルな白いシャツと黒いボトムスの男性は、「こちらへどうぞ」と身体の向きを変える。

伊勢谷と、その後ろにいる多喜の姿も目に入っているはずだけれど、怪訝そうな顔をすることはなく徹底したポーカーフェイスだ。

店の奥、窓際にあるテーブルに伊勢谷と多喜を案内した男性は、控え目な笑みを浮かべて尋ねてきた。

「すぐに準備いたします。コーヒーですか、紅茶ですか？　ジュースもありますが」

「……多喜」

チラリと視線を向けられて、名前を呼ばれる。きっと、好きなものを選べ……という意味だと思うが、咄嗟に思いつかない。

「あ、おれは……伊勢谷さんと同じもので」

結局、そんな言葉で逃げた多喜に苦笑した伊勢谷は、「ボトルを空けてあるジュースだ。銘柄はなんでもいい」と男性に告げた。

うなずいた男性がテーブルを離れると、多喜に視線を移してくる。

「ここの営業は十八時からだから、本当は夜景が売りなんだが……昼の眺めも悪くない。天気がいいから、よく見える」

「……はい」

テーブルの前、多喜の感覚では壁があるべき場所は、一面のガラス窓になっている。天気がいいので、ズラリと連なる高層ビル群がハッキリと見て取れて、見事な展望だ。

ふと視線を落とした円柱形のテーブルは、その内部……中心部分に鮮やかな黄色の花が咲いていた。

どうなっているのか、不思議だ。

多喜がジッとテーブルを見下ろしているせいか、伊勢谷がトンと指先で叩いて不思議なテーブルの解説をしてくれた。

「真ん中が空洞の、ガラスの柱に花の鉢を入れて……トップにガラス板を置いて、蓋をしてある。水やりも入れ替えるのも簡単だ」

「切り花じゃなくて、鉢……ですか」

確かに、よく見れば……花の茎を辿ると、丸い小石のようなものが敷き詰められた透明の鉢に根が入っている。

隣のテーブルも同じ作りのようで、そちらには赤い花が咲いていた。

「生きているものをわざわざ殺して、テーブルに死体を飾るのは悪趣味だろ」

なんとも物騒な言葉選びだが、淡々とした口調で伊勢谷が言おうとしていることは察せられた。

つまり、生きている花を切って飾るのではなく……生花を使いたくて、こういう構造にしているということか。

花瓶などに飾られている花を目にしても、そんなふうに考えたことのなかった多喜にしてみれば、意外なくらい繊細だ。……というより、カジノではボーイたちから何人か殺しているような言われ方をしていたが、実際のところは心根が優しいのでは。

「お待たせしました。ごゆっくり」

「準備中に悪かったな。放っておいてくれていい」

テーブルにオレンジジュースらしい飲み物の入ったグラスが置かれて、ハッと花から目を逸らした。

トレイを手にした男性は、会釈を残してテーブルを離れていく。

伊勢谷に倣ってグラスに手を伸ばすと、添えられているストローに口をつけた。自覚していた以上に喉が渇いていたらしく、少し酸味の強いオレンジジュースが美味しい。

そっと視線を向けた伊勢谷も、無表情でオレンジジュースを飲んでいて……文句なしに大人の男といった外見とオレンジジュースという取り合わせにギャップが、と思った瞬間笑いが込み上げてきた。

「……ケホッ」

ストローから口を離し、うつむいて小さく噎せた多喜の背中を、伊勢谷がポンポンと叩いてくる。

「ゆっくり飲め。そんな喉が渇いていたのか？」

「いえ……はい。すみません……」

伊勢谷は、多喜の曖昧な返事に眉を顰めるでもなく、背中の真ん中をポンと一つ大きく叩いて手を離した。

カジノでの伊勢谷と、自宅で犬たちに接する伊勢谷と、昨夜の悪趣味なからかい方をしてくる伊勢谷と……この半日の、休日を楽しむ伊勢谷。

印象が目まぐるしく変わり、不思議な気分だ。多喜が目にした、どの伊勢谷が彼の本質なのだろう。

大きな手で触れられて、これまでのように変な身構え方をすることのない自分に関しても、不可解だった。

沈黙が急に気まずくなり、なんとか話題を……と視線を泳がせて、黒い紙袋に目が留まる。

「あの、首輪……シリウスとリゲルの、格好いい……ですね」

そんなふうに話しかけた多喜に、伊勢谷も紙袋を見遣って「ああ」と小さく相槌を打ってくる。

「格好の良し悪しより、実用性を重視しているんだがな。市販の大型犬用のものは、硬いし重いだろ。そんなモノを首に着けられて、いい気分じゃないだろうからな。いろいろ探した結果、オーダーが一番だという結論に至った」

「……犬たちのこと、本当に大事にしていますね」

毎日見ていればわかるが、伊勢谷は二頭の犬を本当に大切にしている。

べたべたに甘やかすでもなく、常に傍にいるわけでもないけれど、犬たちも伊勢谷を信用しているし大好きなのだと伝わってくる。

動物好きな人は、悪人でもいい人に見える……というのはよく耳にする言葉だ。多喜も最初は怖い印象だった伊勢谷がそうでもないと感じるのだから、間違いではないのだろう。

多喜の言葉に、伊勢谷は微笑を浮かべて答える。

「あいつらは、裏切らないからな。嘘もつかない。全幅の信頼を寄せてくる。それに、人間にとっては十五年そこそこだが……あいつらの一生を、共にするんだ。犬や猫を不幸にする人間は、クズだ」

優しい表情で犬たちのことを語っていたかと思えば、最後に目を眇（すが）めてクズだと言い切った伊勢谷に、「ですね」と同意する。

確かに、シリウスとリゲルは絶対に伊勢谷を裏切らないだろう。どんな時も真っ直ぐで、嘘をつくなど考えたこともなさそうだ。

でも同じくらい、伊勢谷は田倉のことも信用しているように見えるが……。

「そろそろ帰るか。あいつらが待ってる。……今日は、久々に俺も夕方の散歩につき合うとするかな」

腕時計で時刻を確認した伊勢谷が、腰かけていた椅子から立ち上がる。多喜を見下ろして薄い笑みを浮かべ、

「家とカジノの往復だったろ。ちょっとくらいは気分転換になったか？」

と、予想もしていなかったことを口にした。

どうして多喜まで連れ出されたのか、不思議だった。まさか、オーダーしていた犬の首輪を引き取るのに、多喜の同伴が必要だったわけでもないだろうし、という疑問の答えは……これだろうか。

返事も忘れて固まっていると、多喜の手元にあるグラスを指差して、「無理して飲まなくていいぞ」と口にする。

「あっ、いえ、いただきます」

我に返った多喜は、慌てて首を横に振り、グラスに半分ほど残っていたオレンジジュースを一息で喉に流した。

田倉と、伊勢谷と……二頭の犬たち。

そんな群れに、受け入れてもらえたのは……実はすごいことなのでは。

今更ながら、自分がどれほど分不相応な扱いをしてもらっているか……実感して、窓の外に

目を向ける。

太陽が傾き、ついさっき飲み干したオレンジジュースと似た色に染まりつつある空が広がっていて、自然と「綺麗だな」と目を細める。

本来なら、こんな風景を眺めることのできる立場ではないはずなのに……。

「多喜？　なに、ぼーっとしてるんだ」

振り向いて名前を呼びかけてきた伊勢谷に、「すみません」と答えて窓から目を逸らす。

ぼんやりとしていた多喜になにを思ったのか、

「そんなに気に入ったなら、また連れてきてやるよ。今度は、営業時間中……夜景が綺麗な時間に」

またしても予想もしていなかった言葉を聞かされて、曖昧に首を上下させた。

……これは、なんだろう。

夕陽の中、微笑を浮かべた伊勢谷を目にすると、心臓がギュッと苦しくなった。

怖いと感じていた時の動悸とは、種類が違うのは確かだけれど、ではなにかと自問しても答えは出ない。

「行くぞ」

「は、はい。シリウスとリゲルが、待ってます……ね」

歩き出した伊勢谷の後を、小走りで追いかける。いつもなら、既に散歩に出かけている時間だ。

普段より少し待たせてしまったけれど、今日は伊勢谷が一緒だと知れば、彼らは大喜びするに違いない。二頭のはしゃぐ姿を想像するだけで、頬が緩んでしまう。

自分にできることは彼らの世話と、役に立っているのかどうかよくわからないくらい些細な家事、カジノでの雑用くらいだけれど……与えられた仕事は、精いっぱいこなそう。

この、暴君のようでいて意外と繊細で心優しいところのある伊勢谷と、騎士のような犬たちのためにもそうしたいと、初めて能動的に自分が為すべきことを決心した。

□□□

田倉が、なんとなくおかしい。

そう気づいたのは、地下カジノでの仕事中だった。

フロアで、いつもと同じようにドリンクを運んだり使い終わったカードゲームやビリヤード台の片づけをしたり……と動き回っていた多喜は、見覚えのあるスーツ姿の男に目を留めた。

客の多い、金曜の夜だ。

スーツ姿の男など珍しくもなんともなく、普段なら視界の端を過っても気に留めることのない『客の一人』だが、多喜が無視できなかったのにはわけがある。

「今の……田倉さん？」

よく似た背格好のスーツ姿の男があちこちにいる中、薄暗いフロアでも目を引かれるのは、姿勢がいいのと纏う空気が凛(りん)としているせいだろう。

伊勢谷ほどではないが、田倉も表立って動くことのない存在で……たいていはモニタールームか控え室にいて、あまりフロアに出てこない。

そんな田倉が、客らしい男と連れ立って歩いている姿は、多喜に違和感を覚えさせるのに十分だった。

前回、田倉がフロアに出てきた時は『面倒な客を出禁にするために画策する』ことが目的だった。

退路を断たれ、否応もなく作戦に巻き込まれた多喜は、その後の展開も含めてあまり思い出したくない。

けれど今夜は、フロアを見回るでもなく多喜に声をかけようともせず、多喜がこれまで見たことのない男と連れ立ってフロアを横切り……控え室等の個室がある通路に姿を消した。

ふらりと奥から出てきたのではなく、先ほどの男とフロアで落ち合い、奥へ案内することが目的だったのだろう。

「なんだろう。珍しい……」

事務仕事も手掛ける田倉が、伊勢谷とは別行動をして、顧客やスポンサーと逢うことはよくあると多喜も知っている。

伊勢谷はもちろん、会談相手もそれだけ田倉を伊勢谷の秘書として重視し、信頼しているのだろう。

ただそれは、相手の会社や事務所へ出向いたり、飲食店などに席を設けたりするのが通常で……こんなふうに、カジノへ客としてやって来た人物を田倉自ら出向いて奥の個室に案内することは例外だ。

「おれが気にすることじゃない……か」

多喜が気にかけたところで、田倉の仕事を手伝えるわけではないし無意味だ。

二人が姿を消した通路から目を逸らした多喜は、足元に落ちていたコインを拾い上げてベストのポケットに仕舞い、薄暗いフロアを見渡す。

空のグラスを手に、キョロキョロとしている女性がいることに気がついて足を向けた。

彼女をバーカウンターへ案内するか、オーダーを伺って新しいドリンクのグラスと交換する……それが、今の多喜の役割だ。

田倉と、連れ立って歩く男に覚えたなんとも言い表しようのない違和感は、雑事に紛れてすぐに頭の片隅へと追いやられた。

田倉のことだから、なにかしら意味のある行動だろう。どちらにしても、多喜が詮索するには及ばないものだ。

□　□　□

これで三度目、だ。

気にかけていたせいか、田倉がフロアに出ると自然と目が行くようになった。

フロアの様子はモニタールームで見ているはずだから、目的の人物がやって来たことを確認すると、すぐに田倉が出てくるのだろう。

フロアの隅の目立たない位置で、一言二言、短く言葉を交わして……男と連れ立って奥へ向かうのも、これまでと同じだ。

「なんで、こんなに気になるんだろう」

これがシリウスやリゲルといった犬たちなら、動物的な第六感が……と説明することもできるが、多喜にはそのような都合のいいものは備わっていない。

だから、ただの気のせい……邪推（じゃすい）だ。

そう自分に言い聞かせても、どうしてもなにかが引っかかるのだから仕方がない。

「毎回、伊勢谷さんがカジノに来ない日だから……っていうのもあるのか」

田倉もだが、伊勢谷も毎晩このカジノに来ているわけではない。

田倉が、夕方自宅で犬たちの世話を終えた多喜を車に乗せ、カジノに降ろして別の店や商談相手のところに出向き……帰りは、どこかで仕事をしていた伊勢谷を乗せてカジノまで多喜を迎えに来てピックアップし、共に帰宅するのだ。

その時々によって、多喜と伊勢谷を一緒にカジノで車から降ろしたり、田倉と多喜がカジノへいるところへ他での仕事を終えた伊勢谷が合流して帰宅したり……少しずつパターンが変化する。

田倉と伊勢谷、多喜がずっとカジノに揃っているわけではない。

それでも週のうち三度ほどは、田倉が他に出ていても伊勢谷は居心地がいいらしいカジノの個室にいる。なのに、田倉がフロアで落ち合った客を奥の個室に案内するのは、必ず伊勢谷が不在の時だ。

そう気づいた途端、ますます田倉が男となにをしているのか気になって堪らなくなった。

好奇心は猫を殺す、触らぬ神に祟りなし。

日光の三猿のように、『見ない』『聞かない』『しゃべらない』のが、無難だ……と。

この地下カジノの存在を知らなかった頃、そんなふうに忠告されたことを思い出したけれど、一度引っかかると、いてもたってもいられない気分になる。

「あー……もうダメだ。おれ、こんなふうに野次馬根性なんて、持ち合わせていなかったはずなんだけど」

そわそわと、トレイを左右の手に持ち替えたりベストのボタンを弄ったりしていたけれど、限界がきた。

男と奥に消えるのが田倉でも、伊勢谷がカジノにいる時ならこれほど気にならなかった。まるで、伊勢谷の不在時を狙っているかのように行動をするから、変に引っかかるのだ。

田倉と伊勢谷の関係を間近で見ている多喜は、二人のあいだにある信頼関係を知っている。こんなふうに、変に疑う必要なんかないと……打ち消そうとしても、次から次へと『なんで?』という疑念が湧いてくる。

胸に巣食うモヤモヤとした気味悪さを解消するには、その火元……田倉がなにをしているのか、確かめるしかないだろう。

少し、覗くだけだ。自分が気にするようなことでなければ、変に猜疑心を抱いた自分を反省して心の中で田倉に謝ればいい。

そう決めると、迷いを手放して田倉たちが姿を消した通路に足を向けかけ……一歩踏み出したところで、動きを止めた。

なにか、言い訳が必要か……と視線を巡らせて、バーカウンターに目を留める。

「あの、こちらのウイスキーをロックで二つ……お願いします」

早足でバーカウンターに歩み寄り、ウイスキーボトルを指してドリンクをオーダーする。手早く用意されたロックグラスを二つ受け取り、トレイに載せて奥へ続く廊下に足を向けた。

たまたま、お客と奥に向かう田倉を見かけたから……飲み物を運ぶだけだ。車の運転をする田倉は基本的にアルコールを一切口にしないと知っているが、一人分だけ差し出すわけにはいかないので形だけでも場を繕おう。

心の中で見咎(みとが)められた際の逃れ文句を予習しながら、トレイを右手に持って静かな廊下を歩く。

カジノのフロアから漏れ聞こえてくる雑多な音が徐々に遠ざかり、靴音が響かないよう慎重に足を運んだ。

モニタールームや伊勢谷の私室にもなっている控室の他に、個室は三つほどあると知っている。顧客がカジノでの『戦利品』を連れ込んだり、様々な密談に使用されたり……と、用途は多岐(たき)に亘る。

田倉たちは、どこにいるのだろう。

使用されている部屋のドアはピッタリと閉じられていて、空き室は少しドアに隙間があるはず……だが、すべてのドアが閉じていたらお手上げだ。

足音と気配を殺して、廊下を往復する。幸いというべきか、ドアがピッタリと閉じている個室は一つだけだった。

　ここに田倉たちがいますように、と祈りながら息を潜めてドアに近づく。

　誰かに見られたら、完全に不審人物……と思いつつ、ドアに耳を寄せた。

『でしたら、その……』

　ハッキリと聞こえるわけではないが、ボソボソと会話が漏れ聞こえてくる。目を閉じた多喜は、耳に全神経を集中させて室内の様子を窺った。

『……で、順調ですか』

　男の声。これは……田倉のものではない。

　息を詰めて、更にドアへ耳を押しつける。耳の奥で、ドクドクと鼓動を響かせている心臓の音が邪魔だ。

　トレイに載っているグラスを揺らしたり、落としたりしないよう……グッと両手に力を入れ、痛くなるほどドアに側頭部を押し当てた。

『ええ。伊勢谷は、疑ってもいないですね。あと、先日お伺いしたそちらの……』

『……ろん、それに……ても』

　ダメだ。伊勢谷という名前は聞こえたけれど、それ以外は曖昧で意味まで捉えることはできない。

　田倉が、誰かと伊勢谷について話している。そのこと自体は、別段不自然なわけではないのに、やはりどうしても引っかかる。

もう少しきちんと話を聞くことができれば、この変なモヤモヤも晴れるかもしれない。

それなのに、途切れ途切れでしか耳に入らないせいで、ますます変に想像力を働かせてしまう。

唇を噛んで室内の様子を伺っていた多喜は、ハッと目を見開いた。

『伊勢谷は、まったく気づいていませんので……』

『はは、でしょうな。まさか、あなたが自分を売ろうとしているなどと』

二人の声が、先ほどよりずっと明瞭に聞こえる。

ドアに近づいてきたせいか……？　と思い至った瞬間、身を寄せていたドアから離れて数歩足を引いた。

心臓が、先ほどより激しく脈打っている。息苦しいほどの緊張で喉がカラカラに渇き、トレイを持つ手が震えそうになるのをなんとか耐えた。

息を呑む多喜の目前で、静かにドアが開かれる。

「おや」

「……ん、なんだボーイか。なんの用だ」

廊下に出てきた田倉が、多喜を目にして足を止める。続いて部屋から出てきた男は、廊下に立つ多喜に気づいた瞬間険しい表情になった。

「あ……」

言い訳だ。黙り込んでしまったら、自ら不審人物ですと名乗っているのと同じで……なのに、声が出ない。

口籠もっていると、目を細めた田倉がスッと近づいてきて、多喜が右手に持っているトレイを取り上げた。

「ドリンクを運んでくるよう、手配していたのですが……遅いですよ。もう、お帰りになるところです」

「あ……申し訳、ございませ……ん」

なにを考えているのか読めない、完璧なポーカーフェイスだ。冷たい目で多喜を見据えながら、この状況のフォローをしてくれる。

なんとか返事をした多喜は、二人に向かって深く頭を下げた。顔を上げた多喜の手に、田倉がトレイを返してくる。

「グラスが結露していますよ。提供は、早めに」

小声でのそんな一言に、心臓が竦み上がった。

声もなく、小さく首を上下させる。

田倉の台詞は、『グラスが結露するほど長くここにいたのだろう』と……立ち聞きしていたことを見透かして、暗に気づいていると多喜に知らしめている。

もう一人の男がいるせいかもしれないが、直接的な言葉で責められるよりもずっとプレッシャーを感じる。

背筋が凍りつくような感覚に襲われ、全身を強張らせた。

硬直している多喜から目を逸らした田倉は、打って変わって愛想よく男に話しかける。

「失礼致しました。次回は、もう少し早く持ってこさせます」

「いや……お気になさらず。そうですな……例の手配は、来週には整うかと。またご連絡をしますので」

「はい。承知いたしました。お車までお送りいたします」

一歩足を踏み出した田倉に目配せをされて、廊下の端に身を寄せる。

廊下を歩いていく二人の背中を、その場に立ち尽くしたまま見送った多喜は、背筋を冷たい汗が伝うのを感じた。

田倉は、多喜が盗み聞きしていたことに気づいただろう。その上で、相手を誤魔化してくれたに違いない。

その真意は……？

なにより、あのやり取りの意味はどう捉えればいいのだろう。

『伊勢谷は、まったく気づいていませんので……』

『はは、でしょうな。まさか、あなたが自分を売ろうとしているなどと』

廊下に突っ立ったまま二人の会話を頭の中で復唱した多喜は、唇を噛んでうつむく。

どう考えても、田倉が伊勢谷をあの男に売ろうとしているとしか思えない。

あの男は、なんだ?

相手の見当がつかないということが、ますます気味悪い。

合法カジノだけでなく、非合法の地下カジノを経営している……それ以外にも、複数のクラブやらを所有しているらしい伊勢谷は、きっとあちらこちらに『敵』がいるだろうと、多喜でも想像ができる。

ただ、その『敵』がどんなものなのかは、考えようとしても想像の限界だ。

同業者……警察とか、公安関係者? いや、官僚にも顧客がいるらしいから、その線は考えられないか?

どんな『敵』だろうと、身内が……田倉が裏切れば、為す術などないのでは。

カタカタ……小さな音は、トレイを持つ手が震えているせいでロックグラスが揺れているからだと気づき、ギュッと指に力を込めた。

「田倉さんが、そんな……」

まさか。あり得ないだろう。田倉が、伊勢谷を売るなど……。

そう否定しても、先ほどのやり取りを聞いてしまったからには、それ以外に考えられない。

伊勢谷と田倉の顔が交互に浮かび、胸の奥にチクチクと棘が刺さったかのような痛みが走って震える息をつく。

「おれが聞いていたこと、わかってるよな」

多喜が立ち聞きしていたと、あの田倉がわかっていないわけはなくて……それでも、伊勢谷を裏切るつもりだろうか？

伊勢谷には言うなと、多喜に口止めをしなかった理由は……？

多喜が、「田倉が伊勢谷を誰かに売ろうとしている」と進言しても、信じるわけがないと高を括っているのか……多喜が田倉を恐れ、告げ口などできないだろうと侮られているのか。

どちらも、あり得る。

答えの出ない疑問が、ぐるぐると頭の中を巡るばかりだ。

多喜がカジノで手間取った時や、どうすればいいのかわからなくなった時、さり気なく助言をくれるのはいつも田倉だった。

「……どうすれば、いいんだろ」

誰か対処法を教えてくれないか……と思った瞬間に浮かぶのは、やはり田倉の顔で。

今回は、あの人にだけは頼れないだろ、と自嘲の笑みを浮かべた。

《七》

気まずい。

シリウスとリゲルの朝の散歩を終えて帰宅した多喜は、朝食の準備をするべくダイニングキッチンに向かったけれど……そこに立つ田倉の姿を目にした途端、ピタリと足を止めてしまった。

ダメだ。動揺する姿を見せるなと自分に言い聞かせても田倉を直視することができなくて、足元に視線を落とす。

「お、おはようございます」

平静を装って挨拶を試みたけれど、声がみっともなく上擦(うわず)ってしまった。

唇を引き結んだ多喜に、田倉は動揺の欠片(かけら)も窺えない落ち着いた声で返してくる。

「おはよう」

ペコリと頭を下げて、ぎこちない動きにならないよう慎重に足を踏み出す。

無難に、田倉の脇を通り抜けることに成功した……とホッとした瞬間、スッと差し出された腕に行く手を阻まれた。

「っ！」

慌てて足を止めたけれど、田倉の顔を見ることはできない。足元に視線を落としたまま、全身を強張らせる。

なんですか、と尋ねることもできずその場に立ち尽くしていると、頭上から田倉の声が降ってきた。

「多喜、頬が引き攣っていますよ」

なにを考えているのか読み取ることのできない、落ち着いた調子で名前を呼ばれる。

顔が引き攣っていると指摘されても……。

「……そ、れは……すみません」

当然だろう、とか。田倉は理由がわかっているはずなのに、とか。

なにも言い返せなくて、小声で謝罪するだけで精いっぱいだ。

昨夜の、カジノからの帰りの車中でも……この家に着いてからも、田倉は普段となにも変わらなかった。

変な顔をしていたかもしれない多喜の前でも、平然と伊勢谷と会話を交わし、「では、おやすみなさい」と自室に引っ込んだのだ。

寝て起きれば、昨日のことはすべて夢だった……と、なるはずもなくて。冷や汗を滲ませる多喜を、目を細めて見ている。

　奇妙な緊張感が漂っていた。朝食を期待して目の前をうろうろする、シリウスとリゲルの存在が唯一の救いだ。

「ひとまず、犬たちに食事を」

「は、はい」

　田倉の傍から離れられる理由を得られて、ホッとする。

　田倉が余裕なのは、もうしばらく多喜と二人きりだとわかっているせいもあるのかもしれない。

　朝方に眠る伊勢谷が、起きて寝室を出てくるのは昼前だ。朝食兼昼食の準備をするには、まだ早い。

　それまでのあいだに、昨夜のことを話そうというつもりだろうか。話す、というより多喜への口止めか……弁明か、他言無用だとプレッシャーをかけるつもりか。

　田倉がどうするつもりなのか、予想もつかないせいで身構えようもない。

　二頭の犬の食事の準備をしているあいだも、同じ空間にいる田倉の視線を感じて……恐ろしく居心地が悪い。

　なにか話しかけてくるでもなく、多喜の様子を見ているだけだ。無言で視線を投げかけてくるだけなのに、緊張がどんどん高まる。

犬たちが食事を終え、食器の片づけを済ませたところで、ようやく多喜に声をかけてきた。

「伊勢谷は、まだしばらく夢の中です。少し話しましょうか」

「……おれ、と？」

のろのろと顔を上げた多喜は、恐る恐る田倉を窺い見る。田倉は、無表情でこちらを見詰め返してきた。

そして、呆れたような口調で多喜の言葉に答える。

「あなた以外に、誰がいるんですか。私は犬語を解しませんので、シリウスとリゲルでは相手になりません」

「…………」

笑みを含むことのない淡々とした声と真顔だが、冗談だろうか。

田倉の真意が読めなくて、笑うことができない。

多喜はきっと、またしても頬を引き攣らせていると思うが……田倉はもうなにも言わず、視線でリビングに誘導した。

「さて。あなたが立ち聞きした件について、ですが」

ソファの両端に腰を下ろすなり、前置きもなく本題を持ち出される。覚悟ができていなかった多喜は、ビクッと肩を震わせてしまった。

「……なんのこと」

「今更、下手な誤魔化しはやめてください。時間の無駄です」

ピシャリと発言を遮（さえぎ）られてしまうと、もうなにも言えなくなってしまった。確かに、あの状況で鉢合わせしてしまったのだから、立ち聞きなどしていないと言い張るにはあまりにも白々しいか。

口を噤んだ多喜に、田倉はふっと小さく息をついて言葉を続ける。

「あなたがなにを想像しているかは、予想がつきます。こちらも誤魔化しても白々しいだけですので、認めましょう。私は伊勢谷を売る気です」

「な……っ、なんでっ？」

巧みに言い逃れをするか、脅迫まがいに多喜を口止めするか。

どちらにしても、多喜が聞いた会話の内容を否定するとばかり思っていたのに……あまりにも堂々と言い切られてしまったせいで、それ以外の言葉が出てこない。

顔を向けた多喜と視線を絡ませた田倉は、淡々と続けた。

「成功報酬が、大変魅力的なものでして。顧客リストと非合法カジノのノウハウを持ち出すだけで、優雅な一生が約束されるのですから……断る理由などないでしょう」

見慣れていると言ってもいい、冷静そのものの声と表情なので、田倉がなにを考えているのかわからない。

ただ、そんな陳腐な理由で田倉が伊勢谷を裏切ろうとしているとは、どうしても信じられなかった。

「でも田倉さんは、あんなに伊勢谷さんから信用されていて……おれから見ていても、いい関係だと思っていました。なのに、どうしてそんな……」

声が上擦りそうになって言葉を続けられなくなり、グッと続きを呑み込む。

多喜が知っている田倉と伊勢谷は、ほんの一ヵ月ほどでしかない。でも、それでも二人のあいだには強固な絆があると感じられたのだ。

他に、已むを得ない理由があるのでは？

でも、ここで田倉から……それなら仕方がないと思える理由を聞かされたとしても、伊勢谷を売ることに納得できるのだろうか。

唇を噛んで自分の足元を見ていると、田倉がポツリと疑問を投げかけてきた。

「伊勢谷に……話さなかったのですね」

「……言えません」

言えるわけがない。あれほど信用している田倉が、あなたを裏切ろうとしているようだ……などと。

なにより、

「おれが、田倉さんが裏切ろうとしている……なんて言ったところで、伊勢谷さんは信じないと思ったので」

多喜の言葉など、「バカなこと言ってんな」と鼻で笑って一蹴（いっしゅう）するのではないだろうか。

それくらい、長い年月をかけて築き上げた信頼関係があるように見える。

だから、田倉が伊勢谷を裏切ろうと企（くわだ）てているなんて……。

「どうしてあなたが、そんな顔をしているんですか」

ふと、尋ねてきた田倉の声のトーンが変わった気がした。

二頭の犬たちに話しかける時と似ていると感じたのは気のせいかもしれないが、少なくともこれまでの多喜に接する際のものとはどこか違う。

「どんな……顔ですか」

自分がどんな顔をしているのかなど、わからない。

ポツポツと聞き返した多喜に、黙殺するかと思っていた田倉は、意外にもすんなりと答えてくれる。

「痛い……いえ、苦しくて堪らないという顔です。そんな顔で、なにを……誰のことを考えているんです？」

なにを考えている？

どうして、田倉がこんなことをしようとしているのか……どうしても納得できない、その理由だ。

多少の金銭や、どこかの企業やらの高待遇に釣られる人間だとは、信じられない。

誰のことを……？

その問いの答えは、一つだった。

目の前にいる田倉ではなく、伊勢谷のことだ。

信用している田倉が、なにを企んでいるか知る由もないのだろう。怒る……いや、傷つくだろうか。

田倉の裏切りを知れば、どれほど苦悩するか……多喜にはわからない。

あの、唯我独尊……無敵だと言わんばかりのオーラを漂わせている男が、打ちひしがれる姿など想像もつかないけれど。

「あなたも、伊勢谷には理不尽な目に遭わされているでしょう。犬たちに信頼されていることも、好都合ですし……どうです、私と一緒にここから使えそうなものを持ち出して、他に移りませんか」

言葉もない多喜に、少し和らいだ口調で田倉が誘いかけてくる。

そうすれば、この状況から抜け出せる？

自身に原因があるわけではない、理不尽な借金を返済する義務などなくなり、伊勢谷や犬たちの世話をすることもなく……。

唇を引き結んで自らの思考に漂っていた多喜は、グッと拳を握って顔を上げた。

田倉と正面から視線を絡ませて、震えそうになる唇を開く。

「お断りします」

言い切った多喜に、田倉はわずかに目を見開いて意外そうな顔をした。そうして変化を引き出せたことに、少しだけスッとした気分になる。

「意外ですね。あなたは喜ぶかと思いましたが」

伊勢谷を裏切るという田倉と共に、ここを離れる……それを、伊勢谷からの解放だと喜ぶかと思ったという言葉に、表情を引き締めた。

確かに、田倉が味方につくのなら伊勢谷を欺くことは難しくないだろう。

これ幸いと、田倉の案に乗る……わけがない。

「こんなふうに、伊勢谷さんから解放されたいわけじゃありません。現況を変えるなら……自力でどうにかします」

「それができないから、今の立場に置かれているのでは？」

多喜の台詞に、田倉は目を細めて聞き返してくる。

確かに、威勢のいいことを言っていても実が伴っていないのだから、滑稽だろうと自分でも思う。

それでも、田倉の誘いにうなずくことはどうしてもできなかった。

「そう……かもしれませんが、でも、こんな方法は嫌だ」

子供のような、『嫌』の一言だったかもしれない。

でも、本当に田倉の策に乗って伊勢谷を裏切る……そうまでしてこの状況から逃げ出したいわけではないのだ。

うまく言葉にできなくて、もどかしい。

「私の計画を聞いておいて、共犯になることもなく……無事でいられると思っているのでしたら、おめでたいですね」

しばらく無言だった田倉の口から出たのは、頑なな多喜に呆れたような台詞だった。

感情を窺えない淡々とした声が、怒りをぶつけられるより不気味だ。

「そのあたりも、覚悟の上です。口封じとか……されても、仕方がないとわかっています。でもおれは、どうしても嫌だ。田倉さんも、なにか……理由があるんですよね。私利私欲で、伊勢谷さんを裏切ろうなんて……やっぱり、信じられない」

「……お人好し」

嫌だと繰り返して首を振る多喜に、田倉が呆れたようにつぶやく。

お人好しでもいい。こんなのは……どうしても嫌だ。

シン……と、息苦しいほどの沈黙が落ちる。多喜も、田倉も……ラグで丸くなっている犬たちも、動こうとしない。

そうして、どれくらい静寂の時間が過ぎたか……不意に田倉が舌打ちをした。

「チッ。これで、あなたが嬉々として伊勢谷を裏切るようなら、ほら見たことかと遠慮なく追い出せたのに……」

「え……？」

忌々しげな田倉の言葉の意味は、多喜にはわからない。

多喜が伊勢谷を裏切れば、追い出せたのに？

でも、そうしなかったのだから、……なんだ？

眉を顰めて思い悩んでいると、これまで大人しく足元に伏せていた二頭の犬が突然立ち上がった。

どこへ行くのかと思えば……。

「相変わらず……よろしい性格だな、尚央」

「あなたには負けます」

リビングの入り口から低い声が聞こえてきて、多喜はビクッと肩を揺らした。

恐る恐るそちらに目を向けると、パジャマ姿の伊勢谷が立っている。足元には、激しく尻尾を振る二頭の犬が。

「伊勢谷さん……」

いつから、話を聞いていたのだろう。田倉が裏切る云々ということまで、耳にしてしまったのだろうか。

息を呑む多喜をよそに、田倉は飄々とした口調で話しかける。

「多喜の言葉を聞いて……いましたね。真顔を保てていませんよ」

「あー……そりゃ、まぁ……あんな、可愛いことを言われたらなぁ？　こんなカワイ子ちゃんなのに、おまえに逆らう気概（きがい）のある人間だぞ」

「はぁ。脂下（やにさ）がった、情けない顔は見たくないのですが……」

大きなため息をついた田倉が、唖然としているだろう多喜に顔を向けてくる。視線が合い、身体を強張らせた。

なにが起きているのだろう。

田倉は、伊勢谷を裏切ろうとしていて……多喜を誘いかけ、それを伊勢谷に知られて……では、ないのか？

「多喜、試したりして申し訳ありません。あなたが伊勢谷を裏切ることのない人間かどうか、どうしても確かめておきたかったんです」

これまでに見たことのない、申し訳なさそうな顔で田倉にそんなふうに言われて……ぽつりとつぶやく。

「試し……た？」

聞き間違いではなく、試したと……田倉は確かに、そう口にした。ということは、田倉は本気で伊勢谷を裏切ろうとしたわけではない？

でも、それなら。

「あの男との、やり取りは……？」

多喜が盗み聞きした、意味深なやり取りはなんだったのだろう。

あんなものを聞いてしまえば、多喜でなくても田倉が伊勢谷を裏切る気だと思い込んだに違いない。

おずおずと尋ねた多喜に、田倉はシレッとした調子で答える。

「伊勢谷に反抗する輩を、炙り出したかったので……それとなく水を向けると、まんまと食いついてきた短絡的な愚か者です。あなたが私たちを気にかけていることはわかっていましたので、ついでに多喜を試すため利用させてもらいました」

つまり、田倉は……あの男と多喜の両方を欺き、自らの目的のために利用したということか。

合理的というか、いろんな意味で恐ろしい。

「え……っと、田倉さんは、伊勢谷さんを裏切る気なんか……最初から、なかった？」

半信半疑で口にした多喜に、田倉は「そうですね」と迷わずうなずく。

状況が明確に読めた瞬間、全身の力が抜けた。

膝に両手をつき、長々と息をつく。

「はー……よか、った。おれ、どうすればいいのか……今まで生きてきて、一番考えました。なんか、ドッときた……」

それきり、声を出すこともできなくなる。

ただひたすら、田倉が伊勢谷を裏切ろうとしたのではなくてよかった……と安堵して、手の震えを止めようと膝の上で両手を組み合わせた。

「……お人好しだな」

「ですね。試されたと、怒らない……どころか、私があなたを裏切っていないことに安堵するなど。ですが、この少しズレているお人好しなところも……可愛いんでしょう?」

多喜の頭上で、田倉と伊勢谷が言葉を交わしているけれど、顔を上げる気力もない。

田倉の問いに、伊勢谷は答えず……どんな顔をしているのかわからない、と思った直後、頭に手を置かれる。

「そりゃ、なぁ」

笑みを含んだ声と、グシャグシャと髪を撫で回す手からは……伊勢谷の照れのようなものが伝わってきて、気の迷いではないかと目をしばたたかせた。

なにも怖いものなどない、誰も逆らうことのできない……尊大で無敵な空気を漂わせている伊勢谷が、照れるなど……。

恐る恐る伊勢谷を見上げた多喜の目に、微苦笑を滲ませた端整な顔が映る。

「ぁ……」

伊勢谷はなにも言わないけれど、胸の奥がグッと締めつけられたかのように苦しくなり……治まっていた動悸が激しくなるのを感じた。

これは、なんだろう。

じわじわ……首から上が、熱くなる。ジッとしていられなくなるような気恥ずかしさが込み上げてきて、伊勢谷の前から逃げ出したい。

多喜が意味不明の現象に戸惑っていると、ソファの端に座っていた田倉がスッと立ち上がった。

「私はお邪魔なようなので、席を外します。中学生のようにもじもじしていないで、互いの感情を擦り合わせてください。……シリウス、リゲル。あなたたちも、行きますよ」

田倉は犬たちを呼び寄せると、彼らを引き連れて振り返ることなくリビングを出ていってしまった。

半強制的に伊勢谷と二人きりにされてしまい、ますますわけのわからない恥ずかしさが加速する。

「多喜」

「は、っい？」

変に上擦った声で答えた多喜に、伊勢谷は目を瞠って……笑った。

大きく息をついて、多喜の隣を指差す。

「そこ、座っていいか」

「ど、どうぞ」

ここは伊勢谷の家で、多喜の許可を得る必要などないはずなのに、そうして確認しておいて腰を下ろす。

すぐ傍にある伊勢谷の気配に、心臓が大騒ぎしている。

「あー……尚央に言われたからじゃないが、おまえの感情を確かめておこう」

常に自信に溢れた伊勢谷らしくなく、探るような言い方だ。

なにを聞かれるのだろう。

多喜自身でさえ、自分がなにを思っているのかよくわからなくて戸惑っているのに、説明などできるのか？

ただ一つ、隣にいる伊勢谷に心臓が鼓動を速めている……息苦しいほど意識していることだけは間違いなくて、なにか聞かれたらそう答えるしかない。

両手を握り締めて伊勢谷の言葉を待っていると、隣からポツリと一言だけ聞こえてきた。

「おまえ、俺に惚れてるだろう」

「…………」

その台詞は、予想外だ。

疑問形ではないせいもあり、ハイとも、イイエとも答えられない。

伊勢谷は、無言の多喜に焦れたようにもう一度口を開いた。

「認めないってか？」

「脅迫されて、答えられるわけがないでしょう」

なんて、不器用というか……とことん王様なのだなと思った瞬間、全身に纏っていた緊張が剥がれ落ちた。

自然と頬が緩み、苦笑したところを伊勢谷に見咎められる。

「おい、なに笑ってんだ」

「すみません。伊勢谷さんのこと……嫌いじゃないです」

口に出すと、しっくりする一言だった。

今は、それ以外に言いようがない。

「なんだそれ、ハッキリしないな」

伊勢谷は不満そうだったけれど、多喜にとっては伊勢谷に対する感情を表す精いっぱいの言葉だ。

だいたい、そういう伊勢谷は多喜に対して、どんなふうに思っているのだろう。

「伊勢谷さんは、おれを……どう見ているんですか」

「……好みだよ」

多喜に対する意趣返しも兼ねているのか、質問を返した多喜に対する答えはハッキリしないもので、苦笑を深くする。

意地の張り合いだ。それも、なんの意味もない……。

そこまでわかっているのに、引っ込みがつかなくなってしまった。田倉がここにいれば、「あなたたちはなにをしているのですか」と呆れ返りそうだ。

「くそ、おまえ……結構、強いな」

「そうでしょうか。おれにとっては、褒め言葉です」

苦い表情でつぶやいた伊勢谷に、ふっと自然と笑みが零れた。

それを咎めるように唇を重ねられて、ビクリと身体を震わせる。

多喜が笑みを消したことに満足そうな顔をした伊勢谷は、「チッ、可愛いな」と苦い口調でつぶやいて多喜を両腕の中に抱き寄せた。

逃げられない。

長い腕の中に抱き込まれることは、嫌だと……感じない。

そろりと手を上へ動かして、伊勢谷に悟られないように……パジャマの裾を、指先で摘まんだ。

真面目な話をしていたと思うのだが、伊勢谷はパジャマのままだったなぁ……と、そこでようやく気づいて唇に笑みを浮かべる。

伊勢谷の腕の中で、こんなふうに穏やかな心地でいられることが不思議だ。

ただ、多喜の様子がわからないだろう伊勢谷は、「スッキリしねーなぁ」と不満そうに口にしていたけれど、多喜は凪いだ気分で伊勢谷の腕に身を預けた。

このまま、伊勢谷に心身共に委ねてしまうこともできたけれど……。

「今の状態では、おれは……伊勢谷さんに対する感情がどんなものか、なんとも言えません。なにより、『伊勢谷さんのモノ』だから、逃げられないのか……自分の意思でこうしているのか、わからなくなりそうです」

多喜が、思い浮かぶままぽつぽつと口にすると、抱き込まれている伊勢谷の腕から力が抜けた。

少し身体を引いて、伊勢谷を見上げる。

「義務だから、逆らえない立場だから伊勢谷さんの好きにさせる……という答えで、納得できますか？」

真っ直ぐに目を見据えて、静かに尋ねる。多喜のそんな言葉は予想外だったのか、伊勢谷はグッと眉根を寄せて険しい表情になった。

どんなに怖い顔をされても、引き下がらない……という強い意志で、伊勢谷と視線を絡ませ続ける。

目を逸らさない多喜に根負けしたらしく、伊勢谷は大きく息をついて右手で多喜の髪を掻き

乱した。

「わかった。そんなふうに言われて、もちろん……なんて答えるのはみっともないだろ。お人好しで簡単に流されるのかと思えば、変なところで頑固っつーか……強情な部分があるよなぁ。その意外性も、気に入ってるんだが」

自分でも、変なところで意地を張っているという自覚はある。

どう言っても、今の多喜は伊勢谷の支配下にあるのは事実で……ではどうすればいいのか、対応策などないのが現実だ。

しばらく苦い顔で多喜の髪を撫で回していた伊勢谷が、ふとなにかを思いついたらしい。

「イッコ、提案だ」

と、口を開いて唇に不敵な笑みを浮かべた。

イタズラを思いついた子供のような、どこか無邪気な笑みにうっかり心臓がトクンと大きく脈打って、ぎこちなく目を逸らす。

隙のない鋭利な印象の端整な顔をしているせいで、真顔や睨みつけられると恐ろしく迫力がある。

カジノで働き出してすぐの頃、一緒に仕事をしていたボーイに「ここのオーナーはヤバイ人だって話だ。逆鱗に触れた人間は、容赦なく海に沈めるか山に埋められるってさ」などと怖い話を聞かされていたせいもあり、正直なところ最初は本気で怖いと感じていた。

それなのに、犬たちを大事にしている姿を間近で見ているうちに、『怖い』という感覚はすっかり消えてしまった。

笑うと真逆の印象になり……なんとなく可愛いのではないかなどと思ってしまう自分は、自覚しているよりも伊勢谷に惹かれているのかもしれない。

気を抜けば、磁石のＮ極とＳ極が引かれ合うようにズルズルと気持ちを持っていかれそうになり、なんとか手綱を握り締める。

「提案って、なんですか？」

「これなら、おまえも文句なしだろ。まずは……」

恐る恐る問い返した多喜に、伊勢谷は笑みを深くして提案……というよりも、名案だと自画自賛している調子で語り始めた。

《八》

閉店後のカジノには、奇妙な沈黙が満ちていた。

もともと地下にあるせいで、屋外で雷が鳴り響いていようが複数の緊急車両がサイレンを鳴らしながら間近を通ろうが、外の音は入ってこない。

遮音性が高い上に、いつもは多くの人がいて、話し声やゲーム中に発するものなどの雑多な音が響いている。

普段なら薄暗い照明が、一部分とはいえ煌々と照らされていることも合わせて、まるで多喜の知らない別空間に来たみたいだ。

緊張を高める要因は様々で、喉がカラカラに渇く。

ただ、水の入ったグラスに手を伸ばす余裕もなく……コクンと唾を飲んで気休め程度に喉を湿らせた。

正面に立っている、ディーラー役の田倉がカードを引き、チラリと視線を下げると落ち着いた声でコールした。

「スタンド」

相変わらず見事なポーカーフェイスなので、有利なカードだったのか否か、多喜にはまったく読めない。

それは、隣にいる伊勢谷にも同じはずだ。そろりと窺った横顔には、緊張感を楽しむような微笑を浮かべていた。

「ヒット」

テーブルを叩く低い伊勢谷の声に、カードが一枚追加される。

多喜の手元にあるカードは、四枚。

現段階の合計点は『19』なので、冒険をして追加をするべきかこのまま勝負に出るべきか、際どいところだ。

奥歯を噛んで迷い、カードを持つ指に力を込めて……決めた。

「……ヒット」

小さな一言に、裏向きのカードを一枚差し出される。ドクドクと激しい動悸を感じながら手を伸ばし、そっと端を捲った。

「ブラックジャック」

赤いハートと、『2』が目に飛び込んできた瞬間、脱力した声で宣言する。

隣の伊勢谷がカードをバサッと台に投げ、ディーラー役の田倉が四枚のカードを扇状に広げて置いた。

「バストだ。チッ、引きが弱いなぁ」

「……多喜の引きが、異様に強いんですよ。あの日の、伊勢谷との勝負までの勝ち上がり方といい……いざとなった時の勝負強さは、一種の特技ですね」

伊勢谷は明らかに25を超えた数字で、田倉の手元にあるカードの合計点数はピッタリ『20』だ。

文句なしの勝ち……と認識した途端、ガチガチに強張っていた肩の力が抜けた。

深く息を吸い込み、今更ながら震える手を握り締める。

「これでおまえは、自由の身だ。どうするか……自分で決めろ。あ、すぐに出ていけとは言わねぇから、答えが出るまでうちで犬たちの世話をしてくれ」

「……最後の一言が本音ですね。それに関しては、私も歓迎します。昨日、多喜の代わりに散歩に連れ出したら、河川敷を全力疾走されそうになって……私ではお手上げです」

伊勢谷に続いて、田倉も他意のなさそうな口調でそう言って、多喜に犬たちの世話をするように求めてくる。

それは本音でもあるし、多喜が路頭に迷わないよう理由をつけて居場所を提供する意図もあるのかもしれない。

自由の身だ。どうするのか、自分で決めろ。

唐突にそう突き放された多喜は、解放感に対する安堵や歓喜よりも……途方に暮れた気分になる。

あの邸宅で、伊勢谷と犬たちの世話をして……夜は、非合法のカジノでボーイとして働く。そんな生活に、いつの間にかすっかり馴染んでいたようだ。平和な日常……とさえ感じていた。

多喜の順応力が高いというより、伊勢谷がそうして居場所を作ってくれていたのだ。

借金を取り纏めたというのも、多喜が理不尽に返済を迫られて取り立てられないよう手を回してくれたとしか思えない。

知らない間に、伊勢谷に囚われていたのではなく……護られていたのではないかと、今更ながら気がついて愕然（がくぜん）とする。

「とりあえず、帰るか。夜食は、昨日の残りのチーズ蒸しパンでいいぞ」

「……この時間に間食をしたら、すべて身につきますよ」

「そんなわけあるか」

多喜は呆然としているのに、伊勢谷と田倉はいつもとなにも変わらない会話を交わしている。

カードを片づける田倉の手元を見ていると、本当に正当なディーラー役をしていたのだろうかという疑問が湧いてきた。

多喜を伊勢谷の傍から追い払うため、わざと勝たせた……とか？

こうして多喜を勝たせて、どういう出方をするのか試しているのではないだろうか。疑い始めたら、きりがない。

「帰るぞ、多喜」

「あ、はい……」

まだ、「帰る」と言ってくれるのだな……と。

そんな奇妙な安心感に包まれて、伊勢谷の背中を追いかけた。

□□□

世間一般では、草木も眠るといわれる丑三つ時だ。ただ、この家の主はまだ活動時間だということを、多喜は知っている。

広い邸宅のどこに位置するのか、場所は知っていたけれど、掃除は不要だと言い渡されていたので中に入ったことはない部屋の前に立つ。

長く廊下に佇んでいるせいか、気配を察したらしい二頭の犬が寝床のある部屋から顔を覗かせる。

そこに立つのが多喜だと確認すると、吠えることも唸ることもなく、「なーんだ」とでも言いたそうに顔を引っ込めた。

不審人物扱いされない程度には、犬たちに仲間だと受け入れられているのかと……胸の奥が熱くなる。

「……ホントに、不審者だよな」

いつまでも、ここに突っ立っているわけにはいかない。

グッと右手で拳を握った多喜は、意を決して目の前のドアをノックした。

沈黙は、五秒ほど。多喜が緊張に耐えられなくなる前に、「誰だ」と尋ねられることもなく唐突にドアが開く。

「あ、あの……夜中に、すみません」

「……入れ」

伊勢谷は、多喜の腕を引いて自室に引っ張り込む。訪ねてきたのは多喜なのに、腕を掴む手は逃がすものかといわんばかりの力強さだ。

予想通り、まだ眠るつもりでなかったことは、煌々と灯った照明とデスクの上のパソコンが起動している状況が語っていた。

「わざわざ俺の部屋に来たってことは、答えが出たのか？」

「………」

伊勢谷の問いに、小さくうなずくことで答える。

確実に伊勢谷と二人になれる時間と場所を考えれば、深夜に私室を訪ねる以外に思いつかなかったのだ。

自分がどうしたいのか、一人でじっくりと考えた。

ここを出て、伊勢谷と逢う前の生活に戻った自分と……ここに残り、犬たちや伊勢谷の身の回りの世話をする自分と。

答えは……。

「借金返済のために、仕方なく……とか、伊勢谷さんのモノだから逆らえないせいにするんじゃなくて、おれは……おれの意思で、ここにいたいです」

考えれば考えるほど、二頭の犬たちと……伊勢谷と離れることが寂しくなった。平凡で平和な独り暮らしが、想像できない。

伊勢谷たちに逢うまでは、波風のない日常が幸せだと思っていたのに。

伊勢谷は、ふっと小さく息をついて言い返してきた。

「俺の傍にいるなら、ハウスキーパーやペットシッターって肩書きだけじゃないぞ。その覚悟はあるのか？」

伊勢谷の傍にいたいと選択した多喜を、喜んで受け止めるのではなく……脅して怯ませるような言葉と表情だ。

覚悟を試されている気分になり、顔を上げて伊勢谷と視線を絡ませた。

「それは、……それも、おれが望むことです。あなたの群れに入れてもらいたい」

二頭の犬と、田倉と……群れのリーダーとして彼らを従える伊勢谷にとって、足手纏いでしかないかもしれない。

特別に、役に立てるという自信はない。

それでも、伊勢谷が受け入れてくれるのなら、ここで……犬たちも含む群れの一員になりたいと思った。

「俺は、一度自分の懐に入れれば……裏切りは許さないぞ。他の人間にくれてやるくらいなら、息の根を止める」

静かな口調だが、多喜を見下ろす目は鋭い光を湛えていた。大きな右手で喉元をゆるく掴み、これでも怯まないかと試されている。

多喜は、逃げる素振りも見せずに、伊勢谷と視線を絡ませたまま言い返した。

「わかっています」

熱烈に執着されているみたいだ。

離さない、他の人間に渡すくらいなら殺すと……物騒なことを言われているのに、恐怖よりも甘美な悦びが胸の中に満ちる。

「……でも、一旦懐に入れたものは、全身全霊で命を懸けても護り抜く」

淡々と口にした伊勢谷は、多喜の首を掴んでいる右手の五指に少しずつ力を込め……ふっと手を離す。

圧迫感からの唐突な解放が、どこか物足りなく感じて、離れていく伊勢谷の手を咄嗟に掴んだ。

「おれは、伊勢谷さんのモノだ。あの、カードゲームで負けた時……最初から……」

圧倒的な支配者のオーラに気圧されて、呑み込まれた。従属するのに、不足はないと……本能が告げていた。

結局、有無を言わせず目を奪われたあの時から、心身共に囚われたままだ。

「本当におまえは……なにもかも、俺の好みだよ」

ふっと唇に微笑を浮かべた伊勢谷が、背中を屈めて端整な顔を寄せてくる。多喜は両手で伊勢谷の右手を握ったまま、瞼を伏せて口づけを受け止めた。

無言で、マジマジと見られている……と思っていたら、伊勢谷がポツリとつぶやいた。

「やっぱり、そのうち完遂（かんすい）しろよ」

「……なに、を？」

「ストリップ。いい眺めだな」

多喜を見下ろしている伊勢谷が、クッと低く笑う。

ベッドに転がすなり下肢を剥き出しにされて、残されたのは、パジャマの上着だけ……。

なんとも中途半端に多喜の服を剥ぎ取ったのは、それが理由か。

「本気で、おれのそんなの……見たいですか」

「そう言ってるじゃねーか」

多喜は皮肉を込めたのに、伊勢谷には通じない。いや、わかっていながら空惚けているに違いない。

「あ、ちょ……と、待っ……」

スルリと腿の内側を撫で上げられて、脚を震わせる。咄嗟に手を伸ばしたけれど、呆気なく振り払われてしまった。

「待つかよ。お預けが長すぎて、とっくに限界を踏み越えてんだ」

多喜の制止など物の数に入らないとばかりに、素肌に手を這わせる。伊勢谷の体温に、ゾクゾクと産毛が逆立った。

嫌悪ではない。もっと触れてほしいと……期待している。

「顔も、性根も……身体まで好みだな。なんの褒美だ」

「ッ、……ん！」

膝に唇を押しつけられて、チラリと舌先で舐められるのを感じる。どこにどう触れられても心地よくて、身体の熱が上がる一方だ。

こんなふうに、誰にも触れられたことはない。触れられたいと、望んだこともない。それなのに、伊勢谷の手には……逆らえない。

戸惑う多喜をよそに、伊勢谷はマイペースで触れてくる。

「俺のモノだって、マーキングをして……食い尽くすからな」

「ぁ！」

言葉の終わりと同時に膝の内側に軽く歯を立てて、強く吸いつかれた。

多喜はビクッと脚を跳ね上げさせたけれど、大きな手で容易く押さえつけて口づけの場所を移動させていく。

指先で軽く触れられた屹立(きつりつ)が熱に包まれた瞬間、閉じた瞼の裏でチカチカと光が瞬いた。

「ッあ！　っ、ぅ……んっ」

ダメだ。なにも考えられなくなる。触れられる感覚と、その手や唇から伝わってくる熱と……五感が伊勢谷に支配される。

抵抗しよう、と考える余裕もなく身を委ねてしまう。

「ぁ……」

濡れた音が響き、伊勢谷の指がその奥に滑り込まされるのがわかっても、動くことができなかった。

心臓が、とてつもないスピードで脈打っている。

伊勢谷に組み伏せられて、これからどうなるのか……まったく知識がないわけではない。だから怖いのに、逃げられない。

「心配しなくても、二度と嫌だなんて言われないように……どろどろにしてやる。齧って、舐めて……とろとろに溶けるまで弄って、丸呑みにしてやる」

「ン……ッ、ぁ……あ」

指……が、浅く埋められたと思った直後、ぬるりと挿入された。なにか滑りのいいものを纏っているせいで、ほとんど抵抗なく根元まで埋められる。

「ア、い……ッ！」

「息を詰めるな。深呼吸だ」

「ん……」

痛いと感じたのは一瞬で、伊勢谷の言葉に従って顎の力を抜いて深呼吸を繰り返すと、異物感だけが残る。

異物感が薄らいできた……と思ったところで、ゆっくりと指を動かされて肩を震わせた。

「怖くねぇから、力を抜いてろ。ほら……平気だろ？」

「ぅ、ん……っぁ、ぁ……」

伊勢谷は、声もなく身体を震わせる多喜に口づけて、じっくりと指を抜き差しさせて馴染ませていく。

予想外に根気強く、時間をかけて多喜の身体を拓き……自分が一番美味しく食せるように、準備を整えているみたいだ。

多喜を気遣って手間をかけているというよりも、主体はあくまでも伊勢谷で……でもそれが、この男らしいと思った。

「伊勢、谷さ……もぅ、いい」

あまりにも長く指で弄られていると、慣らされているのか、焦らされているのか、わからなくなってきた。

息が苦しい。遠慮などしなくていいから、早く……と急いた気分で懇願した多喜に、伊勢谷は目を細めて咎めてきた。

「そうじゃないだろ。俺を欲しがれ」

もういい、と許可するのではなく……多喜が自ら求めているのだと、そう訂正するように促される。

ぼんやりとした頭では深く考えることができなくて、こくこくと小刻みに首を上下させて言い直した。

「ぁ、ん……ソレ、指じゃなく、もっと熱いの……欲し、いっ。入れ……っぁ！」

言葉の途中で望みが叶えられて、グッと喉を反らした。圧倒的な熱の塊に、全身を焼かれているみたいだ。

苦しい。熱い。

息ができない……のに、離されたくない。

「多喜。どこ握ってんだよ。こっちだろ」

無意識に縋るものを求めてベッドカバーを握り締めていると、こっちだと誘導されて伊勢谷の肩に手をかけた。

肌が熱い。すっと手を滑らせて胸元に押し当てると、ドクドク……激しい鼓動が伝わってくる。

伊勢谷も、同じ熱の中にいるのだと……そう体感した瞬間、苦痛がすべて快さに取って代わられた。

「ぁ、あ……っ、なん、か……」

なにかが変だ。

苦痛ではなく、全身が痺れているみたいで……身体の奥底から次から次へと熱が湧き上がってくる。

伊勢谷の肩に置いていた手に自然と力が入り、多喜を見下ろしている伊勢谷がグッと息を呑んだ。

「ッ、こら……急に締めつけんな。もう少し待ってやろうと思ったのに、ガンガンに揺さ振りたくなるだろ」

「……んりょ、しなくていい。らしくな……い」

好き勝手してこそ、伊勢谷だろう……と。声にならなかった言葉の続きは、ほぼ正確に伊勢谷に伝わったらしい。

「このやろ……挑発しやがって。泣かせてやる」

「あ！」

低くつぶやき、大きく息をつくと言葉通りに身体を揺すり上げられる。

どこか、高いところから振り落とされる……そんな錯覚に襲われて、無我夢中で熱い背中に縋りついた。

「ゃ……ヤダ、ゃ、も……」

「なにが……これの、どこがヤダ？　おまえのナカ、俺を離したくない……って、締めつけて絡みついてくる」

深く挿入したまま、動きを止め……粘膜が絡みつく様を思い知らされる。

生々しい感覚に奥歯を噛み、涙の滲む目で伊勢谷を睨みつけた。

「その目が、堪らねぇな」

睨んだことは、逆効果だったようだ。伊勢谷は薄ら笑いを浮かべて、やたらとゆっくりとし

た抽挿（ちゅうそう）を繰り返す。

「う、あ……ぁ、ゃ……ッ！」

意味のある言葉が出なくなり、喉が焼けるような熱い吐息を零して伊勢谷の背中に爪を立てた。

「ゃ、ぃ……く、い……っ、せや、さ」

「カワイイな、多喜」

限界を訴えた直後、やけに甘ったるい声で名前を呼ばれた……気がするけれど、気のせいかもしれない。

□□□

どこかから、聞き覚えのある声が聞こえてくる。

これは、伊勢谷と……田倉のもの、か？

「ああ……シリウスとリゲルの散歩を頼む」

「……仕方ありませんね。まぁ、収まるべきところに無事収まったようで、なによりです。私も、多喜が諸々のサポートをしてくれるとありがたいですし」

「それ、本人に言ってやれよ」

　薄く目を開くと、眩しい光が飛び込んできた。

　視界がチカチカして目を開けていられなくなり、再び瞼を伏せる。

　多喜が身動ぎをしたことに気づいていないのか、伊勢谷と田倉はいつも通りのテンポで会話を交わしている。

「褒め言葉は、時と場を選んで、しかるべきタイミングで与えるものでしょう。今朝は特別に、朝食も準備しておきますので……気が済めば、ダイニングキッチンへどうぞ。私は自室で仕事をしています」

「すまない」

「……しおらしく謝らないでください。あなたらしくない。天変地異が起きたら、どうするんですか」

　声が聞こえなくなって、数十秒……ふっと髪に触れられたのを感じて、瞼を震わせた。

　二度目だから大丈夫かと思ったけれど、やはり目を開くと眩しさに視界が白く染まり、忙しないまばたきをする。

　少しずつ焦点が合い……ようやく、伊勢谷の顔を視認することができた。

「もう少し寝てろ。尚央が、犬たちの世話を引き受けてくれた」

「ん……」

喉が痛くて、声が出ない。

コクリとうなずくことで返事をした多喜に、顔を覗き込んでいた伊勢谷はふっと微笑を滲ませた。

予想もしていなかったやわらかな表情に、トクンと心臓が奇妙に脈打つ。

「そうだ。おまえに言い忘れていたことがいくつかある」

多喜の頭にポンと手を置いた伊勢谷は、当然のようにベッドに乗り上がって隣へ身体を滑り込ませてきた。

きっちりとパジャマを着込んでいる伊勢谷に対して、多喜は裸体のままで……せめて、パンツくらいは穿きたいなと居心地の悪さに身動ぎをする。

その動きを、離れようとするものだと思ったのか、伊勢谷の腕の中に強く抱き込まれた。

まるで、多喜が離れていくのを怖がっているかのように抱かれてしまうと、もう動くことができなくなる。

「多喜が返済しなければならない借金なんかは、もとから存在しないからな」

「え……」

予想もしていなかった言葉に、目を見開いた。

多喜のリアクションは期待していなかったのか、伊勢谷が続きを口にする。

「書類が偽造なことに加えて、サインもおまえの筆跡じゃない。訴えでもしたら、間違いなくおまえの勝ちだ。浅知恵でおまえをハメたやつも、見つけ出して……尚央が軽くお仕置きをしておいたから、二度とバカなことはしでかさないはずだ」

多喜をハメた……大学の、同期生の顔を思い浮かべる。

田倉の、『軽いお仕置き』がどんなものなのか……多喜には想像もつかないけれど、二度とバカなことはしでかさないという言葉には信憑性があった。

なにも言えないでいる多喜に、伊勢谷が「ついでに」と言葉を継ぐ。

「俺に隠れて姑息な小遣い稼ぎをしていたヤツらも、一網打尽にしてスッキリしたし……おまえのおかげだ。と、尚央が言ってたぞ」

「は……あ」

伊勢谷に聞かされた内容は多喜にとってまったく現実感がなくて、間の抜けた声しか出てこない。

きちんと意味が呑み込めていないことがわかっているのか、伊勢谷はクッと肩を揺らして多喜の背中を軽く撫でた。

「ま、詳しいことは後でもう一度……尚央が説明する。あ、と……そうだ、もう一つ。大学に復学しろ。借金の返済義務なんかはなくなったことだし、ここでのバイト代はしっかり溜まってるし……復学しない理由なんかないだろ？」

またしても、予想もしていなかった言葉だった。

大学に復学……など、絶対に無理だと諦めていた。伊勢谷に言われるまで、考えてもいなかったことだ。

伊勢谷は、もうなにも言えない多喜を抱き込んだまま、「だけど」と続ける。

「学校はここから通えよ。尚央のやつ、シリウスとリゲルの世話は引き続きおまえに任せるつもりだぞ。ついでに、俺の機嫌も取れ……だと。使える右腕というより、癒やしアイテムとして認定されたみたいだな」

「…………」

唇を噛んだ多喜は、グッと伊勢谷の胸元に額を押しつけた。

大学に復学しろ。ここにいろ。犬たちのため……自分のためにも。

そんな言葉を伊勢谷から聞かせてもらえるなどと、思ってもいなかった。しかもどうやら、田倉公認だ。

あまりにも自分に都合がいいのではないかと、怖くなる。

田倉には、「甘い」と怒られなかったのだろうか。

「返事は?」

多喜が黙り込んでいるせいか、頭を掴むようにして髪を撫でながら、やんわりとした声で返事を催促される。

犬たちを触るのと、同じ手つきじゃないか？　と思いつつ、小さく答えた。

「……はい」

言いたいこと、聞きたいことは他にもあるはずなのに、それ以外の言葉が出てこない。

小声でも伊勢谷の耳には届いたらしく、満足そうに多喜の髪をぐしゃぐしゃと掻き乱しているから……今はもう、いいか。

田倉の言葉に甘えることにして、伊勢谷にピッタリくっつくと目を閉じた。

伊勢谷の腕の中は、あたたかくて……ホッとする。

こうして伊勢谷に密着して和んだ気持ちになるなど、初めて顔を合わせた夜は想像もできなかった。

「あ」

「うん？　なんだ？」

ふと、初めて伊勢谷と逢った時に『帝王のようだ』と感じたことを思い出した。

場に居合わせた人たちから畏怖に近い視線を集め、威風堂々としていて……無敵の支配者だと、恐怖より感嘆に近い不思議な感情が湧いた。

「いえ、おれ……疫病神が憑いているとかいわれていたんですが、伊勢谷さんのほうが強そうだな……と」

この状態で、家系に纏わる『疫病神』について詳しく語る気はない。

ただ、思いつくままぽつぽつと口にしたけれど、変なことを言っている……と眉を顰められるだろうか。

寝惚けているとでも思ったのか、密着している伊勢谷の身体が軽く揺れて笑われたことが伝わってくる。

「……負ける気がしねぇなぁ。俺の運強さは、昔から傍で見ていた尚央が保証するぞ。こうして、なにもかも理想のおまえも手に入れられたことだし……妙なモノが近づこうとしても、蹴散らしてやる」

多喜の発言を馬鹿にするでもなく、普段と変わらない自信に満ちた調子でそう言い切られて、小さくうなずいた。

「は……い」

寝惚けているか、冗談を口にしていると思われていてもいい。

伊勢谷なら、本当にどんなものにも負けないだろうと背中を抱く手からも伝わってきて、心強かった。

懐に入れたものは護ると言われた言葉通り、全身全霊で庇護されているのを感じる。

正しく、頼れる群れのリーダーだな……と安堵の息をついて、全身の力を抜いた。

昼は健全なデートをしよう

「ん……？」

耳に入るのは、朝を告げる小鳥の囀り……だけではない。

カリカリカリ……と。どこからともなく聞こえてくる違和感のある音に、眠りから呼び覚まされた。

「あ、シリウスとリゲル」

ハッと音の正体に気がついて、目を見開く。

ピッタリと閉じているドアを開けてください、と廊下側から扉の下部を引っ掻いて要求している音だ。

多喜（たき）が、彼らの欲求に応えるべくベッドから下りようと寝返りを打った途端、背中側から長い腕が絡みついてきた。抗う間もなく、強く抱き寄せられる。

伊勢谷（いせや）は無反応なので、眠っているかと思っていたのだが、多喜が動いたせいで起こしてしまったのだろうか。

「あ、おはようございます。……シリウスとリゲルが、散歩とご飯……って」

吠えて暴れるのでもなく、気づいてくれたらいいな……くらいの控え目な主張が、なんとも可愛い。

　見た目は厳つい四十キロを超える大型犬が二頭、廊下に並んでドアに向かっている姿を想像するだけで、唇に微笑が浮かんだ。

「伊勢谷さん。待たせてるみたいだから、行ってあげないと」

　それにしても、今、何時だろう。目覚ましのアラームをセットしていたはずなのに、鳴った記憶がないということは、無意識に止めてしまったのだろうか。

　犬たちが呼んでいるから……と伊勢谷の腕の中から抜け出そうとしたのに、多喜の身体を抱き込む手にはますます力が増す。

「……放っておけよ」

「そんなわけには」

「廊下でそわそわしていたら、そのうち尚央が……」

　伊勢谷の言葉が終わらないうちに、コンコンコンと確実に人間の手によるノックの音が聞こえてくる。

　一拍置いて、聞き覚えのある男の声がノックに続いた。

「おはようございます。シリウスとリゲルが、ドアを開けるように要求していますけど……開けても大丈夫な状況ですか」

「っ、あ……いえ、でも……えっと」

服を……着ていない。肌に触れる感触から、たぶん、背後の伊勢谷も。

それに加えて、伊勢谷に抱き込まれた状態でベッドの中にいて……この状況でドアを開けられるのは、ちょっとものすごく困る。

焦ってゴソゴソと手足を動かす多喜に、腕を離す気がないらしい伊勢谷が「くくく」と低く笑う様子が伝わってきた。

「悪いが、そいつらを連れ出してやってくれ。短いコースでいい。後で出かける」

「……わかりました。シリウス、リゲル、行きますよ。今朝の散歩は私が相手です。久しぶりの休日なので、大目に見てあげましょう」

犬たちに話しかける田倉の声が少しずつ遠くなり、ドアの外から二頭と一人の気配がなくなる。

後で、田倉に「職務放棄です」と怒られるのを覚悟しよう。

「おや、珍しくあっさりと言うことを聞いたな。乗り込んでくるかと覚悟していたが」

「こ、怖いコト言わないでください。……すみません。おれ、朝までに自分の部屋に戻るつもりだったのに、寝こけていたみたいで」

頃合いを見て、自室に戻るつもりだったのだ。

多喜が使わせてもらっている部屋のドアは、いつも少しだけ隙間を開けてあるので、犬たちが起こしに来ればすぐに対応できる。

それが今朝は、部屋に行っても多喜がベッドにいないから、勘と鼻のいい犬たちは伊勢谷の部屋かと当たりをつけて迎えに来たのだろう。

「ふざけたこと言ってんなよ。最中は散々甘えてしがみついていたくせに、お勤め終了とばかりに独り寝をさせる気か？　……ベッドから抜け出させるかよ」

「ッ、伊勢谷さ……」

機嫌を降下させた低い声で口にすると、言葉の終わりと同時に耳の下あたりに唇を押しつけられて、ビクリと身体を震わせる。

胸元に押し当てられた手のひらが、熱い。唇が触れている首筋を軽く舐められて、ピクッと肩を揺らした。

窓の外からは、爽やかな朝の光が差し込んでいる。白いシーツが目に眩しいくらいで……ダメだ。居たたまれない。

「ゃ、ダメです。お……お預けっ」

どうすれば、伊勢谷を制することができるのかわからない。

多喜では、腕力も弁でも敵わないのは確実で……苦し紛れに、咄嗟に放った一言だったけれど、効果は覿面で……伊勢谷の動きがピタリと止まった。

よかった、と思ったのは一瞬で、

「……あいつらと同列に並べたな」

低い声で凄まれてしまい、しまった……と目を泳がせる。

「そんなつもりではない、ですけど」

「じゃあ、どんなつもりだ。あいつらには、絶対できないコトをしてやる」

耳朶に軽く歯を立てながら唸るような声でそう言うと、引き寄せる腕にググッと力が込められる。

逃れようとしても、長い手足が絡みついていて身体に力が入らない。

「ッ、ん……ゃ」

これはマズイ。消火するどころか、火に油を注いでしまったかもしれない。

そう失言を後悔しても、後の祭りだ。

焦る多喜に、背後の伊勢谷がますます身体を密着させてくる。胸元から腹のところに移動した伊勢谷の手のぬくもりを、やたらとハッキリ感じて……。

「う、わ！」

ドン！　と。

廊下側からドアを叩かれて、驚きのあまり身体を跳ね上げさせた。

心臓がドキドキと脈打ち、何事が起きた……と戸口を見遣ったところで、もう一度ドンとドアが揺れた。

これはもしやアレか？　と原因を思い浮かべたと同時に、「ゥオン！」という重低音で吠える犬の声が聞こえてくる。

やはり、シリウスとリゲルが帰宅して……まだ部屋に籠っている多喜と伊勢谷に痺れを切らし、出てくるように催促している。

「チッ……帰ってきたか。短いコースでいいとは言ったが、やけに早いな」

さすがに、続けようという気が削がれたようだ。軽く舌打ちをした伊勢谷が、不埒な手の動きを止めた。

「……は、放してください。せめて、朝食の準備はしないと……」

田倉が恐ろしい……と。多喜は言葉の続きを呑み込んだけれど、伊勢谷には明確に伝わったらしい。

「仕方ない。負けてやるか」

ようやく絡みついていた長い腕から解放されて、ホッとした。直後、ほんの少し……肌寒いような淋しいような、心細さに似た感覚に襲われる。

それを小さく首を振ることで払い退けて、大きなベッドから下りた。

伊勢谷と、ベッドで怠惰な時間を過ごすことが嫌なわけではないが、いつまでもグズグズしていられない。

多喜だけでなく、伊勢谷も田倉も揃って休日になるという、貴重な一日の始まりだ。

□□□

コーヒーとビスケットだけ、という軽食を取った伊勢谷は、新聞を置いて「出かけるから用意してこい。健全なデートだ」と多喜に告げた。

シリウスとリゲルも伴い、どこに行くのかと思えば……。

「ドッグラン……ですか」

ウインドウ越しに外を見た多喜は、目の前に広がる光景をそのまま口にする。

高いフェンスに囲まれた広いスペースで、様々な種類の犬が走り回っている。障害物なども設置され、犬たちのアスレチックといった雰囲気だ。

「ああ。そこは小型犬用で、奥に大型犬用のスペースがある。カフェも併設されているから、ランチは犬たちのおやつも兼ねて……だ」

普段の車とは違う、ワゴンタイプの車のラゲッジスペースには、フックにリードを繋(つな)がれたシリウスとリゲルが収まっている。

全員で出かけることが嬉しいらしく、そわそわした様子で尻尾を揺らしているけれど、暴れることなく行儀よく座っているあたりはさすがだ。

「だから、靴はこれだ……って指定したんですね」

玄関で、多喜にスポーツシューズを履(は)かせた理由がわかった。ついでに、伊勢谷の服がこれまで見たことがないくらいカジュアルなものである理由も。

シンプルな無地の白いシャツに、ストレートのオリーブグリーンのチノパンツ、足元は黒いシューズだ。

スーツだと異様なくらい迫力がある。それが、カジュアルな服装をしていると……一般的なその世代の男性よりは人目を引くが、どう言えばいいか……普通に上質な大人の男、という雰囲気だ。

エリートサラリーマンと呼ぶには纏う空気が異質だが、ダークスーツに身を包んでいる夜の伊勢谷と比べれば爽やか……と言えなくもない。

運転席の田倉も、ジャケットは着ているもののノーネクタイで、いつもよりはカジュアルな服装だ。

こちらも、一般的なサラリーマンの雰囲気ではないにしろ、一般人に交じっても違和感がない程度には『普通っぽい』外見で、なんだか不思議だった。

多喜がそんなふうに観察しているなどと、予想もしていないに違いない。

伊勢谷は、燦々(さんさん)と降り注ぐ太陽の光を背に……かえって胡散臭く見える清涼な笑みを浮かべて、話しかけてくる。

「存分に遊んでいいぞ。シリウスとリゲルも、うずうずしているみたいだからな」

「……ですね」

振り向くと、身を乗り出すようにしてこちらを見ている二頭の犬たちと目が合った。人間の言葉をどこまで理解しているのか……ハッハッと舌を覗かせて、楽しいことがあると認識しているようだ。


キラキラとした太陽の下で、伊勢谷と二頭の犬が戯れている。

……カジノのスタッフや顧客が目にすれば、絶句して硬直しそうな光景だ。健全そのものといった平和な姿で、夜行性じゃなかったのか……と眩しさに目を細める。

ベンチに座り込んでいると、背後から田倉に声をかけられた。

「多喜。疲れましたか？」

「あ、はい。ちょっとだけ……。シリウスとリゲルは、疲れ知らずですね」

振り向いて田倉に答えた多喜は、再びドッグランに目を向けた。

少し前まで多喜と遊んでいた二頭は、クタクタになってバトンタッチした伊勢谷を相手に走り回っている。

「どうぞ。喉が渇いたでしょう」

「あ……ありがとうございます」

　隣に腰かけた田倉から、透明のプラスチックカップを手渡されて恐縮した。

　指に伝わってくる冷たさとカップに詰められた細かな氷、涼しげなオレンジ色の飲み物が喉の渇きを加速させ、遠慮なくストローに口をつける。

　甘さ控え目の、オレンジを中心とした柑橘系（かんきつけい）のミックスジュース……プラスαの、微炭酸の刺激が喉に心地よくて、一気に半分以上飲んでしまった。

「美味しいです」

「ここのカフェの、オリジナルブレンドだそうです。オレンジをベースに、グレープフルーツに椪柑（ぽんかん）に、八朔（はっさく）……酢橘（すだち）まで、五種類の柑橘類を混ぜているとか」

「ジュースに酢橘って珍しいですね。甘酸っぱくて美味しい……」

　今度は少しだけ口に含み、酢橘の要素を探そうとしたけれど……よくわからない。残念だ、と顔に出ていたのか田倉がクスリと笑った。

「多喜は素直ですね。犬たちが警戒しないわけだ」

「……バカ正直だって、言われたりもしますが。カードゲームをしている時も、顔に出ていましたか？」

　もしかして、自分ではうまく取り繕っているつもりだったカードゲーム中も、駄々漏れの筒抜けだったのだろうか？

そんな危機感を覚えて、伊勢谷との勝負でディーラー役をしてくれた田倉に確かめる。

「いえ、それが意外なことにまったく。勝負強さも意外でしたが」

まったく出ていなかったらしい、という答えにホッとして肩の力を抜いた。そして、意外だと言われた『勝負強さ』について語る。

「おれ、もともと冗談のように運が悪いというか……家系に、疫病神が憑いているそうです。それの、反動……相殺のための、防御反応みたいなものかもしれません」

「……疫病神？」

怪訝そうに聞き返されて、小さくうなずき返す。

まぁ、普通はこういう反応だろう。

受け狙いの冗談を口にしていると笑われるか、本気で信じているならちょっと危ない人だと引かれるか……。

チラリと田倉を窺うと、多喜の予想とは違いそのどちらでもない顔をしていた。怪訝そうではあるが、真面目に続きを聞こうという姿勢で待ってくれている。

だから、かなり端折ったものだったけれど、生まれてから今まで自身の身に降りかかった数々の不運について語って聞かせた。

しばらく黙っていた田倉は、

「それはなんといいますか、かなり特殊な体質ですね」

と、淡々と口にして考え込んでいる。

現実主義が服を着ているような田倉が、真正面から受け止めて考え込んでいる姿は意外とし
か言いようがない。

非現実的な話をすると多喜を馬鹿にするか、嘘だろうと決めかかって取り合わないという可
能性もあったのに、きちんと受け止めてくれているようで、なんともくすぐったい……気恥ず
かしい気分になる。

足元に視線を落とした直後、

「おい、二人でなに話し込んでるんだ」

低い声が頭上から降ってくると同時に、目の前に影が落ちる。

黒いシューズが視界に入り、ゆっくりと顔を上げた。

「あ……伊勢谷さん」

広いドッグランを二頭の犬たちにジャレつかれながら走り回っていたせいで、さすがに息を
切らした伊勢谷が立っていた。

両脇にいるシリウスとリゲルも、ハッハッと舌を出して荒い息をついている。

「喉が痛ぇ」

つぶやいて多喜の手からプラスチックカップを取り上げると、蓋を外して直接口をつけ……

一気に飲み干した。

ガリガリと氷を噛み砕きながら、多喜を真ん中に挟んで田倉とは逆側に腰を下ろす。

「楽しそうだったじゃねーか」

ボソッと口にしながら、多喜の左肩に自分の右肩をぶつけてくる。

多喜の頭越しに睨まれたらしい田倉が、ふっと唇に微笑を浮かべた。

「私が多喜と仲よく語らっていたからといって、拗ねないでください。場を譲りますので、ごゆっくりどうぞ。私は、犬たちに水を飲ませてきます」

伊勢谷と入れ替わりに立ち上がった田倉が、シリウスとリゲルを促してドッグランの隅に向かう。犬たちのための、給水スペースがあるのだ。

田倉と二頭が、会話が聞こえない位置まで離れるのを待って多喜と目を合わせてくる。

「……で、なに話してたって？」

田倉が口にした……子供のように拗ねているわけではないだろうけど、面白くなさそうな口調だ。

「雑談です」

「俺には聞かせられないような？」

今度は、多喜にもわかった。……拗ねている。

唇が緩みそうになるのをなんとか堪えて、田倉に話したことを思い出しながら同じものを伊勢谷に語る。

一言一句違わず、とはいかなかったが、内容的には相違なく話して聞かせることができたはずだ。

最後まで黙って多喜の話を聞いていた伊勢谷は、「ふーん？」と首を捻った。

チラリと窺った端整な顔に浮かぶのは、田倉と同じような、なんとも形容し難い表情だ。

突拍子もない『疫病神』云々に関しては半信半疑だが、それなりに受け止めて消化しようとしてくれている。

答えを探すように、ドックランを走っている大型犬たちを眺める横顔は……不思議そうだ。

なにやら思案している伊勢谷の隣で、同じように無言で犬たちを見ていると、ポツリと問いかけられた。

「おまえを、家に住まわせるようになって……そろそろ二ヵ月か。で、そのあいだ、なんかあったか？」

「あ、えっと……なにも、ない？　かも……です」

初対面の時に、カジノでポーカーに負けて『伊勢谷のモノ』になってからの日々を、改めて思い起こす。

地下のカジノで……多喜に不手際があるせいで、グラスを割ったり躓いて転んだりしたことはある。

でもそれは、明確な因果関係のある自業自得だ。これまで降りかかってきた、不可抗力とし
か言いようのない不運とは種類が違う。
よくよく考えれば、伊勢谷の家でも……ガスコンロが理由もなく制御不能になって火を噴い
たり、電子レンジの扉が外れて足の甲に落ちてきたり、買ってきた卵がケースの中で全部割れ
ていた……ことはない。
独り暮らしをしていた頃は、それくらい日常茶飯事だと気にする間もないほど、大小様々な
不運が襲ってきていたのに。
まるで『疫病神』が、伊勢谷か田倉か、犬たちか……どれかを恐れて、多喜に近づけないで
いるみたいだ。
護られている、と。そんなふうに捉えるのは、あまりにも厚かましいと思うが……。
「すごい。このところ、生傷も作ってないし……」
ほぼ絶え間なく、身体のどこかしらに擦り傷や切り傷が存在したのに、今の多喜にあるとす
れば……。
「コレは、生傷とは呼べないか」
「っひぁ！」
髪の襟足部分に、ギリギリ隠れるかどうか……というところを指先でつつかれて、ビクリと
身体を強張らせた。

慌てて右手で首の後ろを押さえて、伊勢谷を見上げる。

「生傷、じゃない……と思いますが、痕……」

「普通にしてたら、見えない位置だ。見せびらかしたいなら、今度は違うところにマーキングしてやるけど」

違うところ、と言いながら喉仏の少し下あたりを人差し指の先で撫でられ、露骨に身体を引いてしまった。

クッと小さく肩を揺らした伊勢谷は、多喜の焦る様子を楽しんでいると……言葉にされる必要などなく、そう伝わってくる。

なんでもない顔で受け流せばいいのに、いちいち過剰反応してしまうから面白がられるのだとわかっている。

でも、不意打ちはダメだ。

「遠慮します。生傷にカウントされたくなければ、やめてください」

「生傷って、色気がねーなぁ」

多喜の切り返しに、小さく息をついて手を引いた。

あまりスマートな方法ではなかったと思うが、興を削ぐことには成功したようだ。

ホッとして肩の力を抜き、眩しそうにドッグランの犬たちを眺めている伊勢谷をこっそり窺い見る。

小型犬用のスペースにはたくさんの犬がいるけれど、大型犬用のスペースで走っている犬は多くない。

二つのスペースを隔てているフェンスの傍で、チワワやミニチュアダックスフントを抱いた女性が伊勢谷をチラチラ見ていることに、本人は気づいているのか……気づかないふりをしているのか、多喜にはわからない。

確かに、口を開かなければ……いい男だと思う。

特に今は、爽やかそうに擬態をしているし、シリウスやリゲルと遊んでいた伊勢谷は好青年としか言いようのない雰囲気だった。

隣にいる多喜など、女性たちの眼中にない……どころか、障害物なのではなかろうか。

そう気づいて、少しずつ身体をずらしていると、不意に伊勢谷がこちらに顔を向けた。グッと眉根を寄せて、多喜の二の腕を掴む。

「なに逃げてんだ？」

「っ、いえ、見られて……ます。おれ、景観の邪魔なんじゃないかな……っと」

凄む伊勢谷に対する条件反射とでもいうべきか、バカ正直に口に出してしまった。

しゃべりながらも、ジリジリ身体を離そうとすると、ますます伊勢谷の眉間に刻まれた縦皺が深くなる。

「ワケのわからんことを言ってないで、大人しく座ってろ。ステイ！」

「…………」

　短い命令にピタリと動きを止めてしまった自分は、やはりシリウスやリゲルと同じ……伊勢谷をリーダーとする群れの一員だ。

　ベンチで向かい合っていると、背後から呆れたような声が落ちてきた。

「なにやってるんです？　ご婦人方の注目の的ですよ。そういうサービスですか？」

「ち、違います。……あ、金縛りが解けた」

　田倉のおかげで、強張っていた身体が動いた。ベンチを回り込んできたシリウスとリゲルが、更に空気を和ませてくれる。

「ランチをオーダーしてきました。テラス席でよろしいですよね」

「ああ。……オーナーに話は？」

「一応、簡単に通してあります。午後、ランチタイムが終わる頃に少しお時間をいただけるそうです」

「わかった。じゃ、飯を食ってから……もうひと遊びか」

　立ち上がった伊勢谷の言葉を、シリウスとリゲルはどこまで理解しているのだろう。クルリと巻いた尻尾が、激しく左右に振られている。

　二頭の頭に手を置いた伊勢谷が、同じ手を多喜に差し出してきた。

「行くぞ。ランチだ。その後は、軽くカフェ店内を見て……腹ごなしにこいつらと遊んでやってくれ。俺たちは、お仕事だ」

「仕事……ですか」

伊勢谷の仕草があまりにも自然だったから、多喜も深く考えることなく差し出された手を取った。

語られた言葉の内容に、気を取られていたことも要因の一つだ。

「ああ。近いうちに、ドッグカフェを出す。アジリティ施設のあるグラウンドや、プールなんかも併設して……キャンプサイトも敷地内にあればいいかと考えている。ノウハウをお勉強中だ」

カフェの建物を指差しながらの言葉は、ここのオーナーに施設についての助言を求めているということだろう。

珍しい休日の外出は、ただ単に、遊びに来たというわけではなかったらしい。

「休みなのに、お仕事ですか」

意外と……と言えば失礼だが、伊勢谷も田倉もワーカーホリックだ。形態の異なる飲食店や遊興場を複数経営しているのに、更に増やす予定か。

「口実だけどな。……楽しいだろ」

含むもののない、楽しいという言葉通りの笑顔を向けられて、心臓がトクンと大きく脈打った。

それに答えるかのように、シリウスとリゲルが「ワン」「ゥオン」と一声ずつ吠える。

「よしよし、おまえらもおやつだ」

右手は多喜の手を握ったまま、左手で二頭の頭を交互に撫でて、腹が減ったなぁ……とコテージ風の建物に向かって歩き出す。

繋がされた手を解くタイミングを、逃してしまった。

わたわたと足を運ぶ多喜の背後から、田倉のつぶやきが聞こえてきた。

「口実、ですか。どちらがどちらの口実でしょうね」

デートにかこつけた、仕事か……仕事にかこつけた、デートか。

多喜の手を引いて先を歩く伊勢谷の背中を見詰めて、首を傾げたけれど、

「二人とも、なにクズグズしてんだ？　腹が減ってるだろ」

二頭の犬と共に先を行く伊勢谷が、振り向いてそう笑うから、どちらでもいいのでは……と田倉に視線を移す。

多喜と目が合った田倉は、「仕方ありませんね」という表情で小さく息をついて、多喜の背中を軽く叩いた。

「空腹の伊勢谷に罵られたくなければ、少し急ぎ足になったほうがよさそうですね」

端整な横顔に浮かぶのは、からかう笑み……ではなく真面目な表情で、曖昧に首を上下させて少しだけ足の運びを速くした。

あとがき

こんにちは、または初めまして。真崎ひかると申します。この度は、「帝王の不埒な愛玩」をお手に取ってくださり、ありがとうございました。

初っ端からですが、タイトルに偽り有？　と自己申告&懺悔をさせてください。帝王……っぽいのは、登場シーンだけだった気がします。不埒……は、不埒と言えなくもないかな？　という感じです。愛玩……まぁ、可愛がっている風ですが、淫靡な雰囲気はあまりなく……。

ええと……タイトルからして、作者の安定したヘタレ具合を曝け出した一冊となりました。

こんなヘタレな本に勿体ないような、美麗で格好いいイラストを描いてくださった國沢智先生には、溢れんばかりのお礼と、ご迷惑をおかけして申し訳ございませんとのお詫びを、くどいくらいお伝えするしかなく……。

本当に、ありがとうございました！　伊勢谷は、ビジュアルだけ見れば文句なしの最強『帝王』ですし、多喜は薄幸美人で可愛く……田倉まで、美形の素敵秘書に描いてくださり、感謝感激です。

そして、かつてないレベルで、とんでもないダメ人間振りを曝け出してしまった担当N様。恐ろしくご迷惑をおかけしました。申し訳ございませんでした。きっと、ダメダメだと知ってはいたけれど、これほどまでにダメダメダメダメだとは……という苦悩の日々を送らせてしまったことと思います。

國沢先生と、Nさんと……制作に係わってくださったすべての方に、土下寝をして謝罪したいです。……今回のダメ具合は、座して謝ることさえ許されません。

こんな、謝罪しかないようなあとがきで失礼いたしました。ここまで読んでくださり、心より御礼申し上げます。ほんのちょっぴりでも楽しいと思っていただけましたら、ダメ人間としてはわずかながらでも救われた気分になります。

〆のご挨拶に入りたいのですが、今回はあとがきを三ページいただいていたのでした。語ることがないですよ……と途方に暮れる私に、担当Nさんは「ほら、今回は犬について存分に語れますよ！」と言ってくださったのですが、その時は「ホントだ。そうですねっ」と答えた私は、あとがきを書きつつ気づいてしまいました。この本のテーマ？　は、犬ではなかった……。

國沢先生にラフでリゲルを描いていただいて喜び、本文中も二頭の犬たちがやけに出張ってはいますが、もともとは「帝王攻を！」が合言葉なのでした。ただの犬好きとなってしまった感のある、『見てくれだけ帝王』です……。多喜に首輪をつけて鎖で繋ぎ……とか鬼畜プレイに走れば、もう少し帝王の威厳があったかもしれないと反省しています。

次なる機会には、完璧な『帝王』を……と拳を握りましたが、そろそろNさんは私に『帝王』を書かせることを断念するのではないかとも思います。今後、もし完璧な『帝王』が登場したら、Nさんの忍耐と指導が実を結んだと感動してください。帝王、難しいです。

四方山話をしているあいだに、なんとか三ページが埋まりました。こんなところまでおつき合いしてくださった方がいらしたら、本当にありがとうございます。

そういえば、この本が、二〇二〇年の一冊目となります。本年も、湧き上がる妄想を一つずつ形にしていきたいと思いますので、おつき合いいただけると幸いです。

なにより、可能な限り周りの方にご迷惑をおかけしない大人になりたいです……今年こそ。

それでは、失礼いたします。またどこかでお逢いできますように！

二〇一九年　　街中がクリスマスムードです　　真崎ひかる